J'irai voler ton cœur à Noël

EMILY BLAINE

J'IRAI VOLER TON CŒUR À NOËL

ROMAN

Cette œuvre est une œuvre de fiction. Les noms propres, les personnages, les lieux, les intrigues sont soit le fruit de l'imagination de l'auteur, soit utilisés dans le cadre d'une œuvre de fiction. Toute ressemblance avec des personnes réelles, vivantes ou décédées, des entreprises, des événements ou des lieux serait une pure coïncidence.

HARPERCOLLINS FRANCE
83-85, boulevard Vincent-Auriol, 75646 PARIS CEDEX 13.

www.harlequin.fr

ISBN 978-2-2804-7856-4 — ISSN 2271-0256

Chapitre 1

Je frottai mes bottes avec vigueur sur le tapis d'entrée de l'hôtel. À défaut de pouvoir en retirer la neige collante, cela avait au moins le mérite de réchauffer mes jambes paralysées par le froid. Je retirai mon bonnet bleu foncé parsemé de flocons, tout en secouant ma longue chevelure. La neige emprisonnée dans mes mèches tomba en confettis autour de moi, avant d'être absorbée par l'épaisse moquette lie-de-vin de l'hôtel. Je me dirigeai vers le pupitre d'accueil derrière lequel se tenait Marius. Comme à son habitude, il m'offrit son plus beau sourire : un demi-rictus furtif et glacial. Droit comme un piquet et aussi raide que les cols amidonnés de ses chemises, Marius faisait office de cerbère des lieux. Dans son regard gris, on devinait cette chaleur typique des congélateurs en fin de vie. Le ronronnement du moteur en moins.

— Bonjour Marius ! claironnai-je avec un large sourire.

Il me répondit d'un hochement de tête qui me surprit. En temps normal, après son sourire signature, Marius se contentait de garder les yeux rivés sur son écran d'ordinateur et s'appliquait, avec zèle, à faire comme si je n'existais pas.

— J'ai rendez-vous avec ma sœur, expliquai-je en tripotant le sapin miniature décorant le pupitre.

— À votre table habituelle, au bar.

Il accompagna son explication d'un geste agacé de la tête, m'indiquant inutilement la direction à prendre. La seconde suivante, il se figea, tandis que je triturai le minuscule sapin devant moi, avant de le pivoter d'un quart de tour avec satisfaction. Quand mes yeux retrouvèrent les deux fentes réfrigérantes de Marius, je lâchai la décoration brutalement, consciente d'être prise en flagrant délit d'entraves aux règles tacites de l'hôtel : on ne touche à rien.

En particulier quand personne ne vous a demandé de toucher à quelque chose. Le mois dernier, j'avais osé utiliser le stylo mis à disposition des clients sur ce même pupitre. Marius s'était alors bruyamment éclairci la gorge, me donnant la sensation d'être une criminelle recherchée par Interpol pour utilisation illicite de stylo et abus d'encre noire.

— Pardon, m'excusai-je dans un murmure. Déformation professionnelle.

Après un léger haussement d'épaules en signe d'excuses renouvelées, je décampai du hall aussi vite que possible. Nul besoin de me retourner pour savoir que Marius était déjà en train de remettre le petit sapin miniature dans sa position initiale, en pestant contre mon existence.

Contrairement à Marius, les employés du bar se montraient toujours chaleureux avec moi. Aussi, en pénétrant dans les lieux, je fus accueillie par deux larges sourires : celui de Samuel et celui d'Anne. L'endroit était légèrement animé, avec quelques tables garnies de clients de l'hôtel et un long comptoir en zinc rutilant occupé par deux cinquantenaires sirotant un whisky. Je répondis aux employés d'un petit geste de la main, puis je me dirigeai vers ma sœur, assise à la table coincée dans l'angle.

Je tirai la chaise en face d'elle et m'installai, posant

mon sac sur une autre chaise à ma droite. Lison avait le nez plongé dans un dossier, son expresso encore fumant à portée de main. Mes yeux errèrent dans la pièce. Noël était dans quelques semaines, et l'hôtel avait décoré le bar pour la circonstance. Un superbe sapin, installé devant la grande baie vitrée, arborait des décorations dorées et blanches. Un amas de cadeaux factices s'étalait à son pied. Des branches de guis enroulées de guirlandes lumineuses cascadaient des murs, tandis que des bouquets de boules de Noël, de tailles différentes, scintillaient à la lumière.

À l'opposé de la pièce, un pianiste assurait l'ambiance musicale, donnant la sensation que le bar était un cocon doux et apaisant, nous protégeant du tumulte de la vie réelle. C'était délicieusement rétro et parfaitement approprié pour les lieux. La musique était douce, à peine perceptible et délicate.

Il fallait me rendre à l'évidence : je préférai le tumulte à la musique d'ascenseur.

Le silence de la maison de mes parents et des forêts vosgiennes m'avait justement poussée à rejoindre Paris, son bruit, son énergie et son animation perpétuels.

— Tu sais, je crois qu'il me déteste, lançai-je dans un soupir las.

— Marius ne te déteste pas, répondit-elle sans même cesser l'examen du dossier éparpillé sur notre table.

— Comment sais-tu que je parle de Marius ?

— Margaux, tu viens ici deux fois par semaine, tu arrives avec dix bonnes minutes de retard, tu marches jusqu'à cette table avec ce pas reconnaissable entre mille, inspiré par Attila le Hun, tu t'effondres sur cette chaise en soupirant et tu râles contre Marius.

Elle releva la tête dans ma direction à la fin de sa tirade, alors que je rétrécissais le regard, agacée par sa perspicacité. Je finis par lever les yeux au ciel, admettant sans le dire qu'elle avait raison. Mes habitudes parlaient pour moi.

— Mais il me déteste quand même ! rétorquai-je après un court silence.

— Tu sais ce qu'on dit, la frontière entre l'amour et la haine est ténue.

— Je vais faire comme si tu n'avais rien dit.

Ma sœur esquissa un bref sourire, avant de rassembler méthodiquement les documents étalés sur la table pour les reposer dans un imposant dossier. J'admirai son organisation et sa sérénité. Personnellement, je laissai les factures vivre leur vie au fond du tiroir principal de mon bureau, et quand venait le moment – perpétuellement repoussé – de faire les vérifications d'usage, l'exercice me collait une urticaire sévère.

— Je vérifie les achats, m'expliqua-t-elle.

— Quelle vie de rêve, ironisai-je.

— Tout le monde ne peut pas avoir un métier aussi féerique que le tien.

— C'est vrai, dis-je en souriant. Je t'avais dit que le doré et le blanc iraient avec les boiseries en hêtre. Et ce sapin… Franchement, rien que son parfum suffit à faire croire au Père Noël.

Ma sœur secoua la tête, partagée entre consternation et rire. J'aimais Noël. Non, j'adorais Noël. Les sapins, les décorations, la neige, le froid, le parfum de la résine, le chocolat chaud, les cadeaux… J'aimais Noël de façon dévorante et j'avais développé une expertise certaine en couronnes décoratives et autres musiques kitsch, capable ainsi de chanter *Let It Snow*, tout en fabriquant une boule à neige.

— Mais si tu veux mon avis, ça manque de décoration sur les tables, continuai-je avec une moue dubitative.

— J'ai validé une commande de bougies cet après-midi, me prévint ma sœur.

M'emparant du soliflore trônant sur la table, je le plaçai au centre, envisageant déjà comment une simple bougie pouvait donner une atmosphère encore plus festive à la pièce. C'était plus fort que moi : dès qu'il s'agissait de Noël, mon cerveau turbinait à une vitesse folle.

— Tu peux coller des branches de sapin sur les côtés et la mettre dans un plus large bocal. Oh ! et tu remplis le bocal de fausse neige. Ou des perles avec une guirlande de led très fine, ça peut donner un truc...

— Tu ne t'arrêtes jamais ? m'interrompit Lison.

— Si. Entre le 5 et le 7 janvier. Je range le 5, je fais le deuil le 6 et je redémarre sur un nouveau projet le 7. Tout le monde fait ça ! m'exclamai-je, sans rougir.

— Personne ne fait ça, Mar' ! s'esclaffa-t-elle.

— C'est mon métier, me défendis-je.

— À ce niveau, c'est même un destin. Disney devrait en faire un film : la fille qui adore Noël et qui finit par travailler au marketing d'une marque de décorations de Noël ! dit-elle, tout en levant discrètement la main pour appeler un serveur. Tu as réfléchi à te trouver un autre hobby ?

— Noël n'est pas un hobby, rétorquai-je, un peu vexée. C'est un état d'esprit.

— Un état d'esprit charmant mais un tantinet envahissant, non ?

Je rétrécis le regard, comprenant maintenant où elle voulait en venir. Ma sœur pencha délicatement la tête, comme si elle espérait que je finisse par confesser un crime inavouable. Depuis la mort accidentelle de nos parents et parce qu'elle avait sept ans de plus que moi, Lison avait endossé le costume d'adulte responsable et protecteur, activant parfois l'option « inquisition ».

Par chance, l'arrivée du serveur nous offrit une distraction, et le sujet sensible de ma vie s'évapora. Nous commandâmes deux jus de fruits avant de jeter un coup d'œil à ma montre. Il était déjà tard : j'allais sûrement rater le début de l'entraînement.

— Il pourra faire sans toi, se moqua ma sœur.

— On a prévu de se retrouver après l'entraînement.

C'était un demi-mensonge. Avec Logan, nous devions bien nous retrouver après l'entraînement, mais j'avais, en théorie, aussi prévu d'assister à son entraînement. C'était ce que je faisais chaque vendredi soir.

— Dans un de ces bars infâmes à l'odeur de mauvaise bière ?

— Dans un de ces bars diffusant de la vraie musique, au doux parfum de sueur saturé de testostérone et rempli de gens qui ont encore toutes leurs dents, répliquai-je en souriant fièrement.

Piquée par ma remarque, Lison embrassa le bar du regard, constatant que la moyenne d'âge des clients était bien au-dessus de soixante ans.

— Et encore, on fait baisser la moyenne d'âge, continuai-je.

— C'est un bar d'hôtel. La majorité de nos clients apprécient l'ambiance calme des lieux.

— C'est une bonne préparation à la fin de vie, en effet.

Ma sœur réprima un rire, masquant son visage des deux mains. Avec son poste de directrice financière de l'établissement, elle se devait d'être loyale et prête à défendre la réputation de l'hôtel. Pourtant, elle savait que j'avais raison.

Le bar était mortifère. Et toutes les décorations de Noël du monde n'y changeraient rien.

Samuel, le serveur, déposa nos verres sur la table, et Lison ravala difficilement son fou rire.

— La dernière fois que je suis allée dans ton bar de sportif, ils beuglaient tous, et Logan prenait une douche de bière.

Ce souvenir me tira un sourire. Je pris mon verre à la main et portai la paille à ma bouche. Lison n'avait jamais été une fêtarde. Elle avait toujours préféré passer ses soirées chez elle, dans une routine parfaitement cadencée de dîner-douche-camomille, alors que je connaissais par cœur la recette des cocktails du Puck – le fameux bar de sportif que Lison détestait.

— Ils avaient gagné le championnat, lui fis-je remarquer.

Lison manqua de s'étouffer avec son jus de fruits.

— En tout cas, cette fois-là, ils avaient une bonne raison, continuai-je, consciente du ridicule de ma répartie.

Logan, son équipe de hockey et tous leurs supporters n'avaient pas besoin de prétexte pour faire la fête et finir si imbibés d'alcool qu'ils auraient pu faire office d'accélérateurs dans un incendie. Après l'entraînement du vendredi, et surtout après les matchs victorieux, nous fêtions – avec une certaine expertise de l'excès – la réussite de l'équipe. Pour Lison, c'était un autre monde, bien loin de son poste à responsabilités et de l'ambiance feutrée de l'hôtel.

— Mais si je me souviens bien, quand tu es venue, tu as apprécié, lui rappelai-je.

— Apprécié ? Logan m'a couru après à travers le bar dans l'idée dégoûtante de frotter son corps enduit de bière contre le mien.

— Il fait ça souvent. Mais il a fini par t'attraper et tu as ri.

— Je ris souvent, protesta-t-elle.

— Pas comme ça.

Avec un sourire teinté de tristesse, Lison haussa les épaules. J'appréciai tout ce qu'elle avait fait pour moi depuis l'accident de nos parents, mais je culpabilisais. J'avais la sensation de lui avoir volé une partie de son insouciance. En tant qu'aînée, elle avait pris soin de mon frère et de moi, s'oubliant dans l'océan de responsabilités et de tâches dans lequel elle avait plongé sans réfléchir.

— Nous n'avons plus que nous, maintenant, avait-elle dit, le soir des funérailles. Nous devons agir comme si papa et maman étaient toujours présents. Donc, demain, Mar', tu reprends les cours, et toi, Gab', tu retournes à l'université.

— Quoi ? Mais, non, mais ce n'est pas…

L'intervention de mon frère avait été vaine. Lison voulait qu'on reprenne le cours de nos vies. Je comprenais maintenant qu'elle nous avait évité de nous apitoyer sur notre sort.

— Et toi ? avais-je demandé, les yeux encore rougis de toutes les larmes que j'avais versées.

Autour de la table à manger, celle autour de laquelle nous avions partagé dîners, bonnes et mauvaises nouvelles, un silence avait plané. Lison avait terminé ses études et, parce qu'elle était une fille brillante, elle avait décroché un poste à l'autre bout du monde. J'avais échangé un regard avec Gab', qui était en état de choc depuis presque trois jours, cherchant une bonne solution.

Il n'y en avait pas.

— Nous n'avons plus que nous, maintenant, avait-elle répété. Alors je vais rester ici pour m'assurer que tout va bien.

— Tu n'as pas à faire ça. Gab', dis-lui qu'elle n'a pas à faire ça, avais-je plaidé, en essuyant mes joues humides.

— Gab' va à l'université, tu ne peux pas rester seule ici.

Je n'avais rien trouvé à lui répondre. J'étais encore mineure, Gab' était en première année à l'université : la situation était insoluble. Malgré tout, j'avais conscience du sacrifice que réalisait ma sœur. Comme le chagrin, la culpabilité m'avait envahie sans jamais réellement me quitter.

Après avoir trouvé un job sans envergure dans notre région, Lison avait finalement décroché un poste intéressant alors que je finissais le lycée. Nous avions alors quitté la maison de nos parents et rejoint Paris.

Je secouai la tête pour chasser ces souvenirs doux-amers. Lison avait été exemplaire, mais quand je la regardais, je ne voyais plus la fille drôle et solaire qu'elle était avant la mort de nos parents, je voyais une jeune femme, devenue adulte plus vite que n'importe qui, ployant sous le poids des responsabilités ; une jeune femme qui avait revêtu, presque dix avant, un costume bien trop grand pour elle.

— Je sais que tu t'es amusée, ce soir-là, dis-je.

Elle dodelina de la tête, hésitant presque à avouer ces quelques secondes de faiblesse. Ma sœur avait été l'incarnation de la fiabilité. Elle l'était toujours. Je n'avais rien oublié de ce qu'elle avait fait pour moi, aussi, j'étais déterminée à lui apporter, quand je le pouvais, une pointe de légèreté.

— Tu n'avais pas ri comme ça depuis des années, continuai-je. Et j'inclus dans ces années toutes les blagues catastrophiques de Pierre. Et avant que tu ne répondes, je sais que tu ris par politesse.

— Par amour, Margaux, corrigea-t-elle avec un large sourire.

Je levai les yeux au ciel, me moquant ouvertement des élans romantiques de ma sœur. Je me réfugiai dans mon verre, sachant déjà que cette conversation n'allait pas tourner en ma faveur. Lison, en bon parent de substitution, s'inquiétait aussi de ma vie privée.

— Tu devrais essayer, lança-t-elle.

— J'ai déjà essayé. C'est un peu comme le sport, tu vois, je préfère regarder des gradins et faire des commentaires sur les tenues ou les coupes de cheveux de ceux qui maîtrisent le sujet.

— La pratique est pourtant plus agréable.

— Dit la fille qui va se marier le jour de Noël. Tu es hors concours, Lison. Tu sais à qui tu me fais penser ?

— La semaine dernière, j'étais Monica dans *Friends*.

— Lison, personne ne passe l'aspirateur le dimanche. C'est sûrement illégal. Non, cette semaine, tu es Kelly Taylor.

Lison hocha la tête, avant de faire la moue. Elle but une gorgée de son jus de fruits et attendit patiemment – ma sœur était un puits sans fond de patience – que je termine ma démonstration.

— J'aimerais croire que c'est un compliment, mais quelque chose dans tes yeux me fait dire que je me trompe, lança-t-elle prudemment.

— Tu es cette fille parfaite, blonde, douce, lisse, à qui tout réussit, qui tombe amoureuse du mec idéal. Tu es la fille que tout le monde veut être. Et, à la fois, la fille qu'on aime détester.

— Ça s'appelle la jalousie, Margaux.

Nous échangeâmes un sourire complice. Je ne jalousais pas Lison. Au contraire, j'étais admirative de la vie qu'elle était parvenue à construire. En prenant son rôle d'aînée à bras-le-corps, elle avait surtout emprunté un chemin qu'elle n'avait jamais envisagé. Son sens de l'improvisation l'avait emporté sur les aléas de notre destin commun.

Je terminai mon verre et vérifiai l'heure sur ma montre.

D'un geste de la main, ma sœur commanda deux autres verres. Le serveur réapparut quelques secondes plus tard, avec, en complément, une assiette de tapas et de petits club sandwichs. Dans le même temps, ma sœur ouvrit son agenda et m'offrit un petit sourire énigmatique.

— Tu dois te demander pourquoi je t'ai fait venir ? questionna cette dernière en poussant l'assiette de tapas dans ma direction.

— Corruption alimentaire ?

— Je tente de mettre toutes les chances de mon côté, répondit-elle sans même lever les yeux de son agenda.

— Tu vas me demander un service et tu as peur que je refuse ?

Pendant deux courtes et interminables secondes, Lison resta silencieuse, relisant une liste manuscrite, avant de la déchirer de son agenda avec soin.

— À vrai dire, je ne sais pas si j'ai peur que tu refuses ou si j'ai peur que tu acceptes, dit-elle finalement, avec un sourire à faire pâlir d'envie la mystérieuse *Joconde*.

De l'index, elle poussa sa note dans ma direction. Un peu perdue, je découvris une liste de dates et d'événements associés. Je relevai les yeux vers ma sœur, maintenant un peu nerveuse.

— Le mariage est dans trois semaines, et je crois que je vais avoir besoin d'aide.

— Tu veux que... Tu veux que je t'aide ? répétai-je, ébahie.

Quand nous étions plus jeunes, Lison refusait systématiquement mon aide pour les tâches ménagères. D'après elle, elle allait plus vite seule. La seule fois où j'avais outrepassé ses instructions, j'avais lancé une lessive et avais provoqué une inondation dans notre salle de bains. Qu'elle me demande de l'aide était un signe de désespoir.

— Ma *wedding planner* a un petit souci familial, et ça risque de durer, alors on doit reprendre l'organisation en main.

— On ?

— Toi, moi et Adam.

Dans l'instant, j'engloutis une petite tartine de tomates séchées et de chorizo. Adam. Le témoin de Pierre. Le témoin sexyssime de Pierre. Le témoin inaccessible de Pierre. La version masculine de Kelly Taylor, yeux bleus et parfum entêtant inclus.

— Avec Adam, donc, dis-je finalement, la voix enrouée.

— Avec Adam.

— Donc corruption alimentaire et Adam ? résumai-je.

Les lèvres de ma sœur se soulevèrent dans un sourire. Je tentai de réprimer tous les fantasmes avouables – et surtout les inavouables – que m'inspirait Adam. Une petite bouffée de chaleur m'étreignit, pendant que je revivais l'un des moments les plus torrides et prometteurs de mon existence : l'instant précis où Adam m'avait souri tout en me réclamant un morceau de pain.

— D'accord, Kelly Taylor. On commence quand ? l'interrogeai-je.

Chapitre 2

— Rocket ?

Les yeux clos, j'ignorai l'appel de mon surnom. Je déplaçai le mitigeur de la douche vers la gauche, relevant la température de l'eau. Je baissai la tête, laissant l'eau brûlante dévaler sur ma nuque et mes épaules. Je bougeai doucement la tête, tentant de détendre mes muscles endoloris et tendus.

— Rocket ?

Je ravalai un grognement et posai les mains sur le mur blanc carrelé en face de moi. Contrariés, mes triceps protestèrent, pendant que je faisais rouler mes épaules. Elles se dénouèrent aisément, habituées à être sollicitées durement pendant les entraînements.

— Rocket ?

Cette fois, la voix de mon équipier était juste derrière la porte. Je m'emparai de mon gel douche et réprimai un gémissement quand tous les muscles de mon dos se crispèrent douloureusement. Je me promis de faire une petite visite à Arthur, le kiné du club, afin d'éviter une blessure de fatigue.

— Rocket ?

On frôlait le harcèlement. Écrasant le flacon de savon entre mes mains, avant de le faire mousser, je grommelai :

— Ouais ?

— Tu viens avec nous ?

— Je dois aller voir Arthur avant.

C'était le prétexte idéal. Je n'étais pas d'humeur à faire la fête : j'avais commencé ma journée par une démission sans préavis de ma machine à café – elle avait toujours été récalcitrante et, ce matin, elle avait décrété qu'elle mettait fin à ses services –, enchaînée par une rencontre avec mon envahissante voisine dans l'ascenseur – je la soupçonnais de m'épier pour être certaine de m'escorter jusqu'à la sortie de notre immeuble –, sur le chemin de l'entraînement, ma mère m'avait appelé pour me demander ce que je voulais manger pour Noël – comme si c'était demain ! –, et enfin, lors de l'entraînement, le coach avait décidé de me prendre comme tête de Turc, m'assénant remarques sur remarques, avant de me faire un cours magistral de stratégie d'attaque.

J'étais rincé et d'humeur à agrandir ma collection de protège-dents : collection entamée dès mon plus jeune âge qui consistait à récupérer les protège-dents des défenseurs qui se frottaient un peu trop à moi. Pendant des années, cette pratique – douteuse, selon Margaux – m'avait valu le surnom de « collectionneur ». Très tueur en série. J'adorai ça.

— Tu nous rejoins alors ?

Je rinçai la mousse sur mes épaules et glissai la tête sous le puissant jet d'eau. J'étais d'une humeur de chien. Paradoxalement, cela me décida : peut-être que cette soirée sauverait ma calamiteuse journée.

— Ouais, fis-je, avant de couper l'eau.

— Margaux sera avec toi ?

Je fronçai les sourcils et tirai d'un coup sec la serviette

que j'avais posée par-dessus la porte. Je me frictionnai, tout en réfléchissant : habituellement Margaux hantait les lieux chaque vendredi soir. Elle assistait à l'entraînement, se régalant des commentaires graveleux des autres spectatrices, puis m'attendait près de ma voiture pour aller au bar avec le reste de l'équipe.

Ce soir, de toute évidence, elle avait rompu avec ses habitudes.

— Aucune idée, répondis-je finalement. Elle est peut-être déjà là-bas.

Un court silence s'installa, pendant lequel je crus que mon coéquipier, Nathan, s'était déjà éclipsé. Je frottai mes cheveux, songeant déjà au match de dimanche, et l'associai spontanément à Margaux. Quand nos matchs étaient à domicile, elle venait y assister. Je ne me souvenais plus ni comment ni quand cette routine s'était installée, mais c'était réconfortant d'avoir une amie présente lors des victoires – Margaux était une incroyable partenaire de fiesta – comme lors des défaites – parce que, en deux grimaces et trois mauvaises blagues, elle savait me rendre le sourire.

— Rocket ?

— Quoi encore ? râlai-je en ceignant mes hanches avec la serviette.

— Margaux et toi, vous êtes ensemble ?

D'un geste vif et avec une force volontairement disproportionnée, je repoussai la porte de la douche, heurtant ainsi Nathan avec une satisfaction non dissimulée. Il étouffa un cri de douleur, avant de se frotter le milieu du front avec vigueur. Je lui lançai un regard sombre, et Nathan fourra ses mains dans les poches arrière de son jean.

— Parce que j'ai interrogé les aux autres, et personne ne sait vraiment.

— Ne sait vraiment quoi ? demandai-je.

— Eh bien, si elle et toi… Si vous… Enfin si tu couches avec elle comme avec les autres ou si…

— Comme avec les autres ? répétai-je.

Ma voix avait baissé d'une octave. Qu'on me pose des questions sur Margaux n'était pas nouveau. Ce qui l'était, en revanche, c'était qu'on me soupçonne de la traiter comme les autres groupies. Je connaissais Margaux depuis des années : j'avais squatté le canapé familial, dévalisé le réfrigérateur, pris ma première cuite avec son frère, Gabriel, lu en cachette son journal intime et mangé avec elle l'une des quiches aux légumes infâmes que ma mère pensait réconfortantes.

Margaux n'était pas comme les autres. Elle ne l'avait jamais été. Et elle ne le serait jamais.

— Nathan, je sais que tu es nouveau dans l'équipe. Je vais donc ignorer ta question et oublier cette conversation, dis-je en ouvrant mon casier pour saisir un sweat-shirt.

Mes plus anciens coéquipiers savaient ce qui me liait à Margaux. Certains enviaient même la simplicité de notre relation : avec Margaux, je pouvais parler de tout, oser les blagues les plus salaces et même me frotter contre elle, transpirant et puant, après un match. Elle n'attendait ni n'espérait rien de moi.

Malgré ma proposition, Nathan se dandinait d'un pied sur l'autre, visiblement mal à l'aise.

— Tu veux me mater à poil ? l'interrogeai-je.

— Euh, non, bégaya-t-il. Mais, euh, pour… Enfin, Margaux et toi…

— Tu veux draguer Margaux ?

Il hocha la tête comme un gamin de six ans, attendant que le boulanger lui donne gracieusement un Carambar. Je ravalai un rire. Nathan n'était pas le premier à quémander une permission que je n'avais pas à donner. Néanmoins, j'appréciais le geste de respect.

— Draguer… Disons que je ne veux marcher sur les plates-bandes de personne, expliqua-t-il.

— Tente ta chance, tu verras bien.

— Vraiment ?

— Vraiment. Si Margaux est assez grande pour se faire draguer, j'imagine qu'elle est assez grande pour te prévenir si tu empiètes sur un territoire occupé.

Le visage de Nathan s'éclaira d'un sourire soulagé. Il m'offrit un petit acquiescement en guise de remerciement, avant de tourner les talons en direction de la sortie du vestiaire. J'eus juste le temps de dénouer ma serviette et d'enfiler un caleçon, avant qu'il ne revienne dans ma direction, les sourcils froncés. Je ravalai mon agacement : en temps normal, j'aurais certainement envoyé sur les roses un mec qui me questionnait au sujet de Margaux. Mais, s'agissant d'un coéquipier, je devais la jouer coopératif et sympathique.

— Tu sais si elle aime un truc en particulier ? Par exemple, si je l'invite à dîner, est ce que…

— Nourriture asiatique, le coupai-je.

— Super. Merci !

Nathan me gratifia d'une frappe virile sur l'épaule et m'adressa un large sourire. Il repartit en direction de la sortie, tandis que je levai les yeux au ciel, consterné. Nathan pouvait toujours tenter sa chance, Margaux savait comment les membres de l'équipe agissaient avec les filles. Elle refusait d'être le coup d'un soir. En grande romantique, Margaux cherchait le grand amour, comme moi, je cherchais à l'éviter.

Un des rares sujets sur lesquels nous étions sur des trajectoires opposées.

Je finis de m'habiller rapidement, puis rassemblai mes affaires pour les fourrer dans mon sac d'entraînement. Mon téléphone vibra dans ma poche, et la photo de Margaux s'afficha.

Une photo évidemment ratée, floue, mal cadrée, où des larmes de joie ont fait couler son maquillage et où elle tente de manger une part de fraisier plus grosse que sa tête. Cette photo me tirait toujours un sourire, et j'avais parfois la sensation d'entendre même son rire.

Je lus rapidement son message, m'informant qu'elle était en retard et qu'elle avait préféré aller au bar directement. Je savais que je finirais par la retrouver sur une des banquettes, devant une bière blonde, dodelinant de la tête au rythme de la musique trop forte, ignorant que la moitié des hommes du bar – et clairement pas la meilleure moitié – guettait le moment idéal pour l'aborder.

Avant de quitter la patinoire, je frappai à la porte d'Arthur, notre préparateur physique et kiné. Je posai mon imposant sac au sol et réprimai une grimace quand mon dos se tendit de manière désagréable.

— Je me demandais si tu allais venir spontanément ou si j'allais devoir t'engueuler pour que tu pointes tes fesses ici, lâcha Arthur en se levant du fauteuil derrière son bureau.

Son sourire s'élargit, pendant que je retirai mon sweat et m'assis sur sa table d'examen.

— Aucun signe de résistance ? fit-il, visiblement surpris de ma bonne volonté.

— J'ai passé une journée difficile, soupirai-je, en passant une main fatiguée sur mon visage.

— J'ai assisté à l'entraînement.

— Et ?

— Et tu n'avais pas l'air dans ton assiette, répondit Arthur. Mais j'ai surtout vu que tu ne pivotais pas la tête normalement.

Espérant lui donner tort, je remuai ma nuque et laissai échapper un gémissement de douleur, en sentant un blocage vers la droite. Arthur secoua la tête, avant de froncer les sourcils, contrarié.

— Difficile comment cette journée ? demanda-t-il.

Il se plaça derrière moi, puis posa les mains sur mes épaules, ses pouces dans le bas de ma nuque. À nouveau, mon corps protesta, et j'étouffai difficilement un cri de douleur. En quelques manipulations, il parvint à dénouer mes muscles, remontant très lentement le long de ma nuque.

— Pénible, murmurai-je. Longue. Et l'entraînement a été épuisant.

Je pouvais encore oublier ma journée désastreuse. La plupart du temps, les entraînements étaient suffisamment physiques pour m'épuiser et vider ma jauge de contrariétés. Aujourd'hui, néanmoins, alors que nous avions travaillé pendant trois heures sur des tactiques d'attaque, mon corps était encore tendu, et un début de migraine me guettait.

— L'entraînement ou le coach ? s'inquiéta Arthur.

Il repassa devant moi, vérifiant mon cou, puis pressant mes épaules, avant de suivre mes clavicules.

— Le coach m'aime bien, répondis-je.

— Et moi, j'ai rencard avec miss Univers. Tends ton bras gauche, m'intima-t-il.

— Je croyais que c'était Livi qui te plaisait ?

Je captai furtivement son regard sombre et contrarié, avant de sentir sa main se refermer avec force sur mon bras. Mon épaule craqua douloureusement, me faisant lâcher une litanie de jurons, avant d'enfoncer mon poing libre dans la table d'examen. À peu de chose près, elle fit le même bruit que mon épaule.

— Ne dis pas que tu es désolé, grommelai-je.

— Je n'ai pas pour habitude de mentir.

— En revanche, tu n'as aucun état d'âme à me faire souffrir ?

— Aucun. À ma décharge, tes muscles sont épais et costauds, ça exige un peu de force pour tout remettre à la bonne place.

— J'imagine que Livi demande moins de force ?

En guise de réponse, j'eus droit à un sourire narquois et à une nouvelle douleur fulgurante dans l'épaule droite. Sans attendre mon autorisation, Arthur avait saisi ma main, tendu mon bras, puis l'avait fait pivoter durement.

— Tu devrais te sentir mieux, me dit Arthur en libérant ma main.

— Sans blague ? grognai-je en faisant rouler mes épaules.

Je descendis de la table d'un bond et renfilai mon sweat-shirt, pendant qu'Arthur esquissa un sourire. Je pressai mes doigts sur mon front, espérant refouler.

— Ça ira pour le match dimanche ? demandai-je.

Arthur haussa un sourcil, puis s'installa dans sa chaise. Il me fixa pendant de longues secondes, bras croisés sur sa poitrine, réveillant mes souvenirs d'adolescent abonné au bureau du directeur.

— Tu t'en inquiètes vraiment ou c'est par pure politesse ? m'interrogea-t-il.

— Je ne veux pas me blesser et risquer de ruiner les chances de l'équipe pour le championnat.

— Ça ira. Tant que tu évites de reproduire tes exploits du dernier match.

— J'ai remboursé les deux parois de protection, lui fis-je remarquer.

— Tu as rendu les protège-dents ?

— Depuis le temps que tu me connais, tu sais que je ne rends jamais mes trophées, répondis-je avec un large sourire. J'ai des principes.

— Des principes ? Ce que le coach appelle « de sérieux problèmes de comportement et d'impulsivité » ?

Je fis la moue. Apparemment, Arthur avait écouté la dernière interview du coach. L'adrénaline, la réaction instinctive et la rage… Dès que j'entrai sur la glace, cela m'animait et prenait le dessus sur tout le reste. Cela me donnait l'énergie pour chaque match, pour aller encore plus vite et mettre ce fichu palet au fond des filets.

Arthur secoua la tête. Après chaque match, il constatait les effets de cette énergie sur mon corps. D'après lui, on frôlait l'autodestruction. J'encaissai les coups, les bousculades et les autres altercations. En y réfléchissant, j'étais même sûr d'aimer ça, d'aimer entendre le public chanter mon nom, d'aimer les réprimandes de mon coach, d'aimer cet engourdissement diffus de mes muscles, d'aimer le risque d'être exclu.

J'aimais marcher sur la corde raide et provoquer mes adversaires, comme mon équipe. Ça me rendait vivant. Parfois même, ça me rendait invincible.

— J'appelle ça le hockey, dis-je après quelques instants. Tu devrais essayer, ça fonctionne très bien avec les filles.

— Je suis certain d'avoir de meilleures chances sans coquard ou dent cassée.

— Elle est à peine ébréchée, dis-je en tapotant mon incisive gauche. Tu veux que je demande son avis à Livi ? Elle n'est pas sortie avec le troisième gardien l'an dernier ?

Arthur me fusilla du regard. J'adorais le chambrer au sujet de Livi, à la fois patineuse douée et présumé béguin secret de notre kiné. Je savais qu'elle lui plaisait – Livi était magnifique –, mais je savais aussi que sa carrière passait avant tout le reste. Arthur la jouait donc profil bas, discret et patient. J'en aurais été presque admiratif, si je n'avais pas trouvé ça ridicule : Arthur aurait pu avoir n'importe quelle fille.

— Livi est en stage pour améliorer son programme long. Elle travaille. Tu devrais essayer pour voir ce que ça donne.

— J'y penserai. On va boire un verre avec l'équipe, tu veux te joindre à nous ?

— Je passe mon tour. Tu vois Margaux ce soir ?

Avant même que je puisse répondre, Arthur se redressa sur sa chaise et ouvrit un des tiroirs de son bureau pour en sortir un sac en papier.

— Je ne sais même pas pourquoi je te pose la question. Elle doit t'attendre dehors, vu que vous vous voyez chaque vendredi soir. Tu pourras lui rendre ces livres ? m'interrogea-t-il.

Piqué de curiosité, je vérifiai les livres, me demandant vaguement ce qu'Arthur et Margaux pouvaient avoir en commun. En ouvrant le sac, je ne fus que partiellement surpris : il contenait trois livres de cuisine, issus, très certainement, de la collection terrifiante de livres de cuisine de Margaux. Elle en achetait de manière compulsive, persuadée que s'entourer d'autant de connaissances finirait par l'aider à cuisiner un coq au vin ou du riz cantonais à la perfection.

J'étais le cobaye habituel de ses essais culinaires. Et même si j'étais son meilleur ami, même si elle y mettait tout son cœur, il fallait l'admettre : Margaux était nulle en cuisine.

— Les plats traditionnels de la cuisine française ? dis-je en lisant le titre du premier livre. Oh ! et les recettes immanquables de nos grands-mères. Livi aime le bœuf bourguignon ?

— Ma mère aime le veau marengo et la crème brûlée. Margaux m'a prêté quelques livres.

— Et tu t'en es sorti ?

— Parfaitement. C'est très bien expliqué, il suffit de suivre les recettes.

— Donc, ça ne vient pas des livres, marmonnai-je. Je lui rendrai, assurai-je. On doit se retrouver au bar. Tu es sûr que tu ne veux pas venir ?

— Certain. Tu salueras Margaux pour moi.

J'ajoutai les livres de Margaux dans mon sac et en calai la bretelle sur mon épaule encore endolorie. Arthur était doué : d'ici demain, je savais que je ne sentirais plus aucun tiraillement. Et même si j'avais eu l'ombre d'une douleur, ça ne m'empêcherait certainement pas de grimper sur la glace et de filer une raclée à un ou deux défenseurs.

Le kiné m'accompagna jusqu'à la porte, empoignant la poignée de la porte pour me faire quitter les lieux.

— Rocket ? m'interpella Arthur, alors que je franchissais le seuil de son bureau.

— Yep ?

— La prochaine fois que tu cherches Margaux dans les tribunes, évite de pivoter la tête d'un seul côté.

— Je ne cherchais pas Mar…

Je n'eus pas le temps de me défendre que la porte se refermait sur moi, me repoussant dans le couloir. Pendant de longues secondes, je restai abasourdi, fixant la plaque vissée contre le bois de la porte où était gravé le nom de notre kiné.

— Bordel, c'est quoi votre problème avec Margaux, ce soir ? criai-je finalement.

❄

Après avoir jeté mon sac de hockey dans mon pick-up, je rejoignis le bar habituel de l'équipe. Situé à deux pâtés de maisons de la piscine, je remontai la rue d'un pas rapide, couvrant le bas de mon visage avec le col de mon manteau pour me protéger du vent glacial. Je passai devant quelques vitrines décorées, affichant cadeaux et sapins. Je poussai un soupir las : Noël n'était pas mon moment préféré de l'année. Sûrement parce que ça réveillait des souvenirs lointains et désagréables d'un père lâche et d'une mère refusant d'affronter la réalité.

À quelques mètres de l'entrée, je devinais les premiers signes d'animation du bar : Marcus, le propriétaire du bar, été comme hiver plaçait des tables à l'extérieur. Beaucoup de ses habitués s'y installaient, couvrant leurs jambes d'une couverture épaisse et se réchauffant les mains autour d'un vin chaud dont Marcus tenait la recette secrète.

J'entendis des rires et des éclats de voix, puis très vite, je devinais mon surnom dans les conversations. Je me contentais d'un signe de la main, saluant les supporters tout en pressant le pas. Me lancer dans une conversation avec eux, maintenant, était la garantie que je ne puisse même pas entrer dans le bar.

Margaux m'attendait, et je voulais le mot d'excuse pour son absence à l'entraînement.

— Rocket ? m'interpella une voix enthousiaste. Hey, Rocket ?

Je finis par m'arrêter. La dernière fois que j'avais snobé un fan, j'avais oublié que les téléphones portables existaient et que les réseaux sociaux pouvaient être une arme de destruction massive. J'étais passé pour un con arrogant et prétentieux, alors que je voulais juste passer la soirée à me lamenter, après une défaite cuisante, avec l'équipe et Margaux. Pendant des jours, on m'avait reproché d'ignorer le public, et même l'équipe avait été menacée de boycott.

Désormais échaudé, je pivotai en direction de la voix, découvrant un petit groupe de supporters, bonnets vissés sur la tête et bouteilles de bière à la main.

— Tu comptes gagner le match de dimanche, j'espère ? beugla l'un d'eux.

— J'y compte bien, oui, répondis-je.

— Ton dernier match était catastrophique, remarqua un second.

— Je ferai mieux demain, dis-je en me dirigeant vers la porte du bar.

— Y a plutôt intérêt ! hurla une autre voix passablement avinée.

J'acquiesçai rapidement, pressé d'en finir. Nous avions dépassé la moitié de la saison et nous étions bloqués à la seconde place du championnat. Le public s'impatientait. Et, à vrai dire, il n'était pas le seul.

Je poussai la lourde porte du bar et laissai à l'extérieur mes doutes et mes états d'âme. À l'intérieur, une vague de chaleur accompagnée d'un riff de guitare électrique des Red Hot m'accueillit. Les tables étaient bien garnies, et l'ambiance semblait joyeuse et animée. Je tournai la tête en direction du bar, trouvant la silhouette large et imposante de Marcus. Ancien hockeyeur, en retraite depuis cinq ans, il n'avait rien perdu de sa stature haute et musclée. Après sa carrière sportive et par amour pour une femme, il avait décidé de rester à Paris et de racheter ce vieux bar, jadis décati. Il y avait investi ses économies, son temps et son énergie pour aboutir à un bar branché, décoré de maillots de hockeys, de unes de journaux sportifs et de crosses abîmées par les coups. Les tables, à elles seules, étaient des pièces uniques : les plateaux étaient composés de palets collés les uns aux autres et recouverts d'une plaque en verre.

— Alors cet entraînement ? m'interrogea-t-il après une accolade virile.

— Pénible, grimaçai-je. Tu résistes aux décorations de saison ? lui demandai-je.

— J'ai promis à Clara que nous irions ensemble acheter un sapin et des décorations.

— Tu n'as pas gardé les décorations de l'an dernier ?

— Si, mais il paraît que c'est déjà passé de mode le doré et le rouge. La tendance serait scandinave.

— Scandinave ?

— Du bois, des figurines en tissu. Tu vois le genre ?

J'acquiesçai. En vrai, je ne voyais pas trop. Pour moi, avoir un sapin avec quelques boules et une guirlande était déjà un aboutissement. Si je devais en plus suivre des modes et des conseils de décoration…

— Tu devrais en parler à Margaux ? suggérai-je.

Marcus grimaça, et je retins difficilement un rire. Parler de Noël avec Margaux était un défi. Elle était intarissable, et

Marcus avait la patience d'un enfant d'un an. L'expérience aidant, je parvenais maintenant à soutenir une conversation de Noël avec ma meilleure amie en prenant le parti de ne pas l'interrompre et de hocher régulièrement la tête pour montrer mon approbation.

— Je tiens à ma santé mentale, marmonna Marcus. D'ailleurs, en parlant de santé et de Margaux, tu devrais faire gaffe à toi.

— Pour quelle raison ?

— Elle avait l'air furieuse quand je suis allé la servir tout à l'heure.

Soudain, son regard se porta derrière moi, et il prit la poudre d'escampette, se planquant à l'autre bout du bar. Stupéfait, je cherchai encore à comprendre son attitude, quand je sentis une main taper sur mon épaule.

— Logan ?

Très peu de gens m'appelaient par mon véritable prénom. La plupart de mon entourage avait adopté mon surnom, et cela me convenait. Mais cette fois, dans la voix de Margaux, il y avait ce petit grain de colère et de frustration. Ce « Logan » impérieux sonnait comme un avertissement.

Je pivotai vers elle, un large sourire sur le visage. Margaux, ses grands yeux bleus, sa longue chevelure auburn, ses légendaires fossettes, se tenait face à moi.

Tellement face à moi que je ne vis pas son poing se lever pour atterrir douloureusement sur mon nez, me faisant tituber jusqu'au rebord du bar. J'entendis un gémissement de douleur, pendant que tout mon visage vibrait comme une cloche de boxe après l'annonce du premier round. Je camouflai mon nez dans ma main, entendant Margaux jurer et me maudire.

Le cerveau fracassé et le visage irradiant de douleur, je

fermai les yeux. Mes oreilles sifflaient, et j'eus la sensation que ma tête s'enfonçait dans du coton, étouffant tous les autres bruits autour de moi.

Au loin, je n'entendis que la voix de Marcus, demandant de la glace.

— Et plus vite que ça ! hurla-t-il.

Chapitre 3

— Laisse-moi regarder, me demanda prudemment Marcus.

Je tendis mon poing endolori vers lui. Il fronça les sourcils, avant de prendre ma main dans la sienne pour mieux l'examiner. Il pressa délicatement mes doigts, prenant soin de ne pas me faire mal.

— Tu as de la chance, ce n'est pas cassé, murmura-t-il.

Il déposa ma main avec douceur sur la table. Je grimaçai en sentant la vitre sous ma paume. La douleur était lancinante mais supportable. Marcus posa le sac de glace sur le dos de ma main, me tirant un gémissement de surprise.

— En espérant que cela ne gonfle pas, expliqua Marcus.

Visiblement inquiet, il garda les yeux rivés sur mes doigts, déjà un peu gonflés, passant son index dessus pour en vérifier la sensibilité. Encore en colère contre Logan, je me fichais pas mal d'avoir la main cassée ou les doigts écorchés. Je levai mon regard sombre vers mon meilleur ami. Ce dernier maintenait une poche de glace sur son nez, hilare.

— Je suis fier de toi, Margaux, lança Logan avec un sourire satisfait.

Je rétrécis le regard, regrettant mon plan initial qui visait une partie beaucoup plus au sud de son anatomie. Je savais que Logan y tenait bien plus qu'à son nez.

— Fier ? répétai-je.

— De toute évidence, tu as travaillé ton crochet du droit, comme je te l'avais conseillé.

Il retira le sac de glace qui camouflait son nez. Il était enflé, et une petite plaie barrait l'arête, mais je devais admettre que les dégâts n'étaient pas aussi importants que ce que j'avais imaginé. Cela me décevait mais c'était prévisible. Logan, avec sa carrure d'athlète culminant à 1,85 m, ses muscles imposants et aguerris et sa mâchoire taillée à la serpe, avait l'habitude de prendre des coups.

En réalité, je le soupçonnais d'aimer ça.

Son corps avait encaissé bien pire, et ce n'étaient pas mes quelques séances de boxe en cours d'initiation de septembre dernier qui allaient abîmer l'homme qui était, selon le plus grand magazine sportif national, « un des plus grands talents du hockey ».

— Il faut que tu te serves de ta petite taille comme d'un atout. Donc à ta place, j'aurais frappé l'estomac. Le poing ou le coude, en fonction de ce que tu préfères.

Si j'en avais eu la force – ou du moins, si ma main droite était encore opérationnelle –, je l'aurais frappé une seconde fois. Quand la plupart des gens m'auraient interrogée sur la raison de ma colère, Logan, lui, me donnait des conseils techniques pour mieux l'évacuer.

Je croisai le regard de Marcus. Il secoua la tête, m'intimant silencieusement de ne pas répondre à Logan. Je le connaissais depuis suffisamment longtemps pour connaître sa méthode fétiche : la provocation. Cela lui permettait ensuite de passer pour une victime plus facilement. Dans la vie comme sur la glace, Logan ne donnait jamais le premier coup. Il attendait, il défiait, il allumait la mèche et faisait sortir les autres de leurs gonds.

Je remuai sur ma chaise, réfléchissant à toute vitesse à une stratégie.

— Marcus, il te reste de la glace ?

Il acquiesça, sans camoufler le sourire complice qui ornait ses lèvres. Je remuai les doigts, ignorant le fourmillement désagréable qui courait sous ma peau. Logan nous observait, perdu.

— Tu as besoin que j'écarte quelques tables ? proposa Marcus.

— Pourquoi on écarterait des tables ? interrogea Logan.

— Parce qu'on va le refaire, répondis-je en le fusillant du regard.

Je me penchai sur la table qui me séparait de Logan et affichai ma mine la plus déterminée, tout droit inspirée de Rocky, à l'aube du combat final.

— On va le refaire, Logan. Tu vas te tenir bien droit contre le bar, et je vais appliquer tes conseils à la lettre.

— Tu devrais prendre de l'élan, suggéra Marcus.

— Tu l'aides ? hurla Logan.

Marcus l'ignora, pendant que je repoussai la glace posée sur ma main et que j'agitai les doigts, prête à en découdre. Je me levai de ma chaise, remarquant des yeux braqués sur nous. Mon sourire s'élargit : Logan avait sa fierté, qu'il portait sur lui comme Superman portait sa cape. Devant un public, qui plus est des supporters, Logan n'oserait pas prendre la fuite.

— C'est l'un des premiers trucs qu'on apprend en hockey : la vitesse de glisse change tout sur les trajectoires, m'expliqua Marcus. Si tu arrives vite sur lui, tu décuples la puissance de ton coup.

— Intéressant.

— Margaux, si tu crois que je vais te laisser me frapper une seconde fois, tu fais erreur.

— Tu te défiles ?

— C'est de la violence gratuite.

— Logan, tu détiens le record de pénalités de la saison, ricanai-je. Tu es le maître de la violence gratuite.

— Est-ce que je peux au moins savoir pourquoi tu m'en veux ? demanda-t-il dans un soupir.

J'éclatai de rire devant sa mine anxieuse. Logan jeta un œil autour de lui, vérifiant ce que je savais déjà : nous étions filmés. Je jubilai. J'avais déjà eu pour moi l'effet de surprise sur le premier coup, j'avais maintenant la possibilité d'exploiter l'une des failles de Logan : son image. Honnêtement, il se fichait bien de ce qu'on pensait de lui, de son attitude ou de sa vie privée... Mais, malgré tout, il ne pouvait pas ignorer que tout ce qu'il faisait avait un impact sur sa carrière.

Et Logan tenait à sa carrière.

— Nathan, sifflai-je.

— Nathan ? répéta Logan sans comprendre.

— Apparemment, Nathan aurait eu ton autorisation pour me draguer.

Logan fronça les sourcils, tentant de rassembler ses pensées. Je le défiai du regard. Logan avait beaucoup de défauts – des tonnes, et j'en découvrais un nouveau chaque jour –, mais il les assumait tous. Quand il était pris en défaut, il admettait ses torts, se perdant en explications vaseuses et interminables pour tenter d'avoir le beau rôle.

D'une manière ou d'une autre, Logan gagnait. Parce qu'il aimait profondément la sensation grisante de la victoire.

— Mar', je n'ai jamais donné l'autorisation de... Et surtout pas à Nathan.

— Ce n'est pas ce qu'il m'a dit.

— Tu connais ce type depuis six mois et tu le crois sur parole ? Mar', on se connaît depuis combien de temps ?

Sa question fit retomber ma colère comme un soufflé. Presque dix ans. Cela faisait presque dix ans que j'avais découvert Logan, assis sur le canapé de mes parents, en plein affûtage de ses patins. Figée dans l'encadrement de la porte, je l'avais fixé de longues secondes, me demandant si je devais hurler de terreur ou faire comme si tout était normal.

La première option m'aurait cataloguée dans la section gamine peureuse, la seconde comme une adolescente désabusée. À l'époque, je voulais briller. Je voulais exister derrière ma sœur étudiante douée et mon frère sportif aguerri. J'étais un peu ronde, avec plus de poitrine et plus de hanches que mes copines. Malgré ces courbes féminines, j'avais conservé un visage d'enfant, avec de belles joues mouchetées de taches de rousseur. Mes cheveux tenaient dans une tresse plaquée sur mon crâne, et cette coiffure datait de mes six ans.

Avec le recul, je comprenais pourquoi j'avais détesté l'adolescence. Je m'étais toujours sentie à l'écart : je n'étais ni une de ces filles longilignes et populaires, qui faisaient fantasmer les garçons et que les autres filles jalousaient, ni une fille intellectuellement supérieure, avec un avenir tout tracé dans une grande école et promise à un futur brillant.

J'étais moyenne, passant inaperçue, y compris chez moi.

— Je suis un ami de ton frère, s'était-il présenté avec un sourire.

— C'est censé me rassurer ? avais-je répondu, mordante.

— Sûrement pas, tu as raison. Tu dois être Margaux ?

Il s'était levé, et j'avais ainsi découvert qu'il était plus grand que notre sapin. Il avait tendu la main vers moi, et j'en avais rougi jusqu'à la racine des cheveux. Jamais aucun garçon, en particulier de l'âge de mon frère, n'avait posé les yeux sur moi. Logan, lui, avait ancré son regard bleu ciel dans le mien, et j'avais eu la sensation d'être enfin visible.

Visible mais un peu stupide : après cinq interminables secondes de silence, Logan avait baissé la main et s'était rassis sur le canapé.

— Gab' m'avait pourtant dit que tu étais une sacrée pipelette ! Je m'appelle Logan. Ton frère a proposé que je vienne squatter votre salon, le temps que mes parents rentrent. J'ai laissé mes clés à l'intérieur, et ils sont partis faire des courses.

Trouver Logan dans ce salon, assis à cette même place, était vite devenu une habitude. Il avait toujours une excuse : les clés, un match à regarder, un devoir à finir… Maman avait fini par mettre régulièrement la table pour six, sans poser de questions.

Dire que nous nous connaissions bien était donc un euphémisme. Le jour où j'avais trouvé Logan dans notre salon, il était entré dans ma vie. Je l'aidais pour ses rédactions, pendant que lui faisait en sorte que je survive à l'adolescence.

— Tu veux qu'on l'accroche au mur ce diplôme ? m'avait-il demandé, alors qu'il se tenait sur le seuil de ma chambre.

Logan avait toujours respecté une règle majeure : personne ne devait jamais entrer dans ma chambre. Y compris ma sœur. Ce jour-là, pourtant, quand il avait vu mes larmes et mes yeux rougis de chagrin, Logan avait franchi le seuil et s'était installé sur le lit près de moi.

— On pourrait le mettre ici, près de la photo de tes parents, avait-il proposé en désignant le mur face à nous.

J'avais reniflé lourdement et haussé les épaules. Ce diplôme, c'était à la fois la fin de ma vie d'adolescente orpheline dans cette grande maison trop vide et le début d'une nouvelle vie, de quasi-adulte terrifiée par son avenir. Je n'étais pas certaine de le vouloir sous mes yeux en permanence.

Après un long silence et tandis que j'étais toujours secouée de sanglots, Logan avait finalement repris la parole.

— On est d'accord que tu n'y serais jamais arrivée sans moi ! avait-il lâché.

— Que... Quoi ?

— Sans moi, tu n'aurais jamais réussi à obtenir ce diplôme et à naviguer dans les eaux troubles du lycée.

— J'aurais réussi sans toi, assurai-je, confiante.

Il s'était légèrement tourné vers moi, avant d'essuyer les larmes persistantes sur mes joues. Je me sentais nulle d'être aussi triste, alors que j'aurais dû être heureuse. Nulle et un peu honteuse de pleurer en public.

— Peut-être, répondit Logan. Mais ça aurait été moins drôle.

Cela avait suffi à me tirer un rire.

— Remplir le sac à dos de Nina de neige : admets-le, c'était brillant. Bon, pas aussi brillant que de couper l'électricité au moment des douches de l'équipe de foot.

À nouveau, j'avais ri. Voir Nina, la peste de service, sortir ses cahiers détrempés en cours m'avait fait jubiler. Et ma mauvaise blague envers les garçons de l'équipe de foot m'avait offert une vague de popularité inédite.

— Tu vois ? Beaucoup moins drôle, avait-il répété.

Je chassai mes vieux souvenirs et revins à la réalité. Autour de nous, la foule bruyante semblait attendre que le spectacle reprenne. Je faisais face à Logan, mes yeux plantés dans les siens, prenant maintenant conscience que ça ne lui ressemblait pas d'autoriser quelqu'un – en particulier un de ses coéquipiers – à me draguer.

Pourtant, je me souvenais parfaitement que Nathan m'avait offert un verre en précisant qu'il avait eu l'accord de Logan.

— Tu as bien dû lui dire quelque chose pour qu'il se sente… autorisé.

— Je t'assure que je ne lui ai rien dit.

— Nathan était tout sourires, à croire qu'il avait gagné le gros lot.

— Eh bien, pour être honnête, tu es un lot de premier choix, Mar', répondit Logan avec un sourire.

Son regard parcourut mon corps, et même si nous avions du public, j'eus la sensation d'être seule au monde et pas franchement habillée. Logan avait une expertise légendaire sur les femmes et surtout il savait à la perfection comment les troubler en moins de deux secondes.

Même avec nos dix ans d'amitié, je n'étais pas immunisée. J'attendis que le petit frisson qui cavalait le long de mon corps se dissipe, avant de reprendre notre discussion.

— Qu'as-tu dit à Nathan ?

— Mais rien, Mar' ! Il m'a juste demandé si…

Sa phrase s'éteignit dans le brouhaha du bar. Soudainement, le visage de Logan changea, passant de l'incompréhension la plus absolue à la colère froide. L'ambiance dans le bar changea, la foule comprenant que notre petit spectacle humoristique était en train de virer au règlement de comptes électrique.

— Putain, Nathan ! hurla Logan.

Un silence de plomb s'abattit sur le bar. Discrètement,

Marcus se glissa derrière le bar, et le son saturé et entêtant des Artics Monkey perça les enceintes. Malheureusement, cela n'avait rien d'apaisant et cela donnait même une ambiance début de combat de boxe à son bar.

Les yeux de Logan furetaient en tous sens, de toute évidence à la recherche de Nathan. Si ce dernier avait une once d'intelligence, il aurait déjà pris la fuite et passerait déjà la frontière vers un pays exotique.

— Qu'est-ce que tu lui as dit, Logan ?

— Rien ! s'exclama-t-il. Il m'a demandé si on était ensemble, et j'ai dit non. Il a sûrement dû se dire que ça lui donnait carte blanche. Nathan ! hurla-t-il à nouveau.

— Il est sûrement déjà parti, soupirai-je.

— Il devait s'attendre à ce que je lui en colle une. Nathan, si t'es dans le coin, tu ferais bien de te montrer...

Autour de nous, la foule s'agita. Tout le monde savait qui était Nathan, l'un des défenseurs de l'équipe. Grand et massif, il était difficile de passer près de lui sans être un peu impressionné par son physique.

— Pourquoi tu lui en collerais une ? demandai-je, perdue.

— Parce qu'il se permet des choses avec toi ! répondit Logan comme si c'était évident.

— Logan, je ne suis pas une princesse en détresse. Je suis une femme célibataire, dans un bar, qui peut tout à fait accepter un verre de...

— Nathan ! hurla Logan, ignorant ma petite tirade indépendantiste et féministe.

— Logan ! criai-je à mon tour en abattant ma main sur la table.

Je laissai échapper un cri de douleur. J'avais utilisé ma main blessée pour ma petite crise d'autorité et je regrettai maintenant ma spontanéité. Je secouai la main en tous sens, espérant la maintenir en vie, pendant que la douleur, vive et intense, se propageait à mon avant-bras.

Logan jeta un coup d'œil dans ma direction, et je repris mon souffle en me rasseyant sur ma chaise.

— Ce n'est pas le verre, le problème, dis-je, les dents serrées.

— En effet. C'est Nathan, le problème. Il n'avait pas à…

— Nathan peut bien m'offrir un verre, l'interrompis-je, devinant que ma colère couvait encore. C'est cette histoire d'autorisation qui m'a mise en rogne.

— Nathan n'a pas à t'offrir un verre, asséna Logan.

— Pourquoi ça ? l'interrogeai-je sèchement.

Sans nous en rendre compte, nous étions à nouveau en train de nous hurler dessus. Ce n'était pas habituel entre Logan et moi. La plupart du temps, il faisait des plaisanteries douteuses, et je me contentais de lui répondre. C'était comme ça que Logan montrait son affection à ceux qui l'entouraient : il plaisantait, en permanence, comme pour mieux éviter d'être sérieux.

— Parce que tu mérites mieux qu'un mec qui prend des dizaines de coups chaque week-end, s'enflamma Logan, pour récupérer un palet et qui, de toute évidence, a développé un sérieux trouble neurologique pour imaginer qu'un verre lui suffirait pour te…

— Pour me quoi ?

— Tu ne veux pas vraiment entendre la fin de cette phrase, Mar', lâcha-t-il.

Je poussai un lourd soupir, lassée par cette conversation. Cette histoire d'autorisation m'avait fichue en colère. Comme si Logan avait une espèce de droit de propriété sur ma vie privée, agissant comme Cerbère gardant la porte des Enfers. La seule différence, c'est que Cerbère faisait en sorte que personne ne sorte des enfers, pendant que Logan, lui, se chargeait de boucler la porte de ma vie privée de l'extérieur.

Ma dernière relation avait plus de six mois et répondait à la perfection à la définition du mot « fiasco ».

À nouveau, Logan balaya la foule du regard, cherchant Nathan. Son agacement faisait briller son regard, et ses yeux prenaient déjà une teinte plus foncée. S'il trouvait Nathan, ce dernier allait passer un sale moment. Aussi, quand il apparut de derrière le bar – où il était sûrement planqué depuis l'arrivée de Logan –, il semblait craintif.

Et surtout il semblait trempé.

Logan pivota vers moi, cherchant une explication.

— J'ai dit qu'il m'avait offert un verre, pas que je l'avais bu ! expliquai-je avec un haussement d'épaules.

Ça m'avait embêtée de gâcher un merveilleux et nécessaire verre de vin en cette fin de semaine, mais Nathan ne m'avait pas laissé le choix. Son impressionnante lâcheté et mon humiliation cuisante suffisaient à justifier ce sacrifice.

— Tout ça parce que tu as cru que je l'avais... autorisé ?

— Tout ça parce que si un mec n'est pas capable de m'aborder sans te demander ton avis, il ne risque pas de franchir le seuil de ma chambre. Le courage, c'est assez sexy.

Quelques filles, toujours autour de nous, approuvèrent d'un hochement de tête. L'ambiance dans le bar était revenue à la normale : la musique avait retrouvé son volume habituel, les conversations reprenaient, mon sachet de glace était doucement en train de fondre et il n'y avait plus cette électricité crépitante entre Logan et moi. L'apparition de Nathan avait fait retomber la tension.

Et tant qu'il restait à distance, abrité par le bar, on pouvait éviter l'affrontement.

— Rocket, je t'assure que...

En tout cas, si Nathan avait eu l'intelligence de se taire, on aurait pu l'éviter. En quatre pas, Logan était derrière le bar, tirant, par le col, un Nathan qui se débattait. Je repérai quelques téléphones filmant la scène et je regrettai déjà d'avoir fait un scandale pour un malentendu. Il le traîna jusqu'à la sortie du bar, et je les suivis, inquiète.

À l'extérieur, le froid me mordit les joues. La neige tombait en légers flocons : en plus de ma main endolorie, je risquai de finir avec un sacré rhume.

— Tu as offert un verre à Margaux ! éructa Logan en propulsant Nathan contre le mur du bar.

— Logan ! hurlai-je pour tenter de l'interrompre.

C'était sans espoir, Logan avait le visage si près de celui de Nathan qu'il devait certainement sentir l'odeur nauséabonde du vin, mélangé au parfum entêtant de la trouille.

— Rocket, tu m'avais dit que…

— J'ai dit que nous n'étions pas ensemble. Tu n'avais pas à te servir de moi pour parvenir à tes fins.

À nouveau, il le repoussa contre le mur, tirant un cri de douleur à Nathan. C'était ridicule : j'avais surréagi et maintenant, Logan était en train d'en découdre avec l'un de ses coéquipiers. Nathan, aussi stupide pouvait-il être, ne méritait pas de se faire fracasser par Logan.

J'avais déjà sacrifié un verre, je n'allais pas, en plus, empiéter sur la carrière de mon meilleur ami. Consciente que je ne parviendrais pas à l'arrêter facilement, je décidais de mettre en pratique les conseils de Logan : utiliser mes points faibles. Aussi, après avoir demandé une nouvelle fois à Logan d'arrêter, je finis par courir vers eux et par faufiler mon petit mètre soixante entre les deux colosses.

Je posai les mains contre le torse de Logan et le repoussai de quelques centimètres.

— Tu ne peux pas le frapper, dis-je, à bout de souffle.

— Je t'assure que si !

— Non. Parce que tout le monde est en train de filmer, et tu ne veux pas voir ça, demain matin, étalé partout. Ton coach va te tuer. Il vous tuera même tous les deux, s'il apprend que deux membres de son équipe se sont battus pour… pour moi, finis-je, décontenancée par ma propre conclusion.

C'était la première fois que deux hommes se battaient pour moi. Ou à cause de moi. Ou malgré moi. Ou autour de moi. C'était déstabilisant et un peu flatteur.

— Mar', écarte-toi, gronda Logan.

— Logan, tu n'as pas à faire ça, dis-je en le repoussant encore. Tu ne vas pas ruiner ta carrière pour lui, c'est idiot.

— C'est pour toi, corrigea-t-il.

— Alors j'apprécie cet élan romanesque, mais comme je te le disais, je suis assez grande pour me débrouiller toute seule.

Il riva ses yeux furieux vers moi. Je hochai la tête doucement et pressai mes mains plus fermement contre son torse. Lentement, son visage se détendit, et Logan fit deux pas en arrière. Derrière moi, Nathan sembla retrouver ses facultés respiratoires, soupirant de soulagement.

— Merci Margaux, vraiment, c'est…

Il n'eut pas le temps de finir sa phrase que mon coude s'enfonçait brutalement dans son estomac. Je m'échappai la seconde suivante, laissant Nathan plié de douleur, pendant que Logan entourait mes épaules pour m'entraîner à l'intérieur du bar.

Au chaud, il nous dirigea vers notre table habituelle, sous les regards amusés des clients du bar. Les autres membres de l'équipe me regardaient avec prudence, comme s'ils redoutaient une nouvelle réaction épidermique de leur capitaine.

— Je ne sais pas si je dois être fier ou avoir peur, lança-t-il dans un rire, tout en passant son index sur son nez abîmé.

— Désolée pour ton nez, dis-je avec une grimace embarrassée. Je n'ai pas vraiment réfléchi.

Je m'installai sur la banquette, puis vérifiai l'état de ma main. La douleur n'était plus si intense. Avec un peu de chance, je finirai avec un hématome et une chouette histoire à raconter.

— Ne t'inquiète pas, j'en ai vu d'autres. Mais je tiens à te prévenir : je vais t'offrir un verre.

— Oh.

— Et si tu es sage, je t'offrirai le dîner.

— C'est donc comme ça que tu séduis toutes ces filles.

Logan se contenta de sourire, avant de secouer la tête. Lentement, il s'approcha de moi, repoussa une mèche de cheveux perdue sur ma joue et, avec sa mine ravie du mec à qui tout réussit, il me répondit :

— Tu es la seule à qui je fais ce genre de proposition, Mar'. Maintenant, si tu me disais plutôt pourquoi tu as séché l'entraînement ?

Chapitre 4

— Logan a un match ce soir ?

J'arrachai mes yeux du magazine de mode vantant le retour douteux de la doudoune fluo pour cet hiver. Généralement, les tendances de la mode influençaient celles de la décoration. Aussi, imaginer un sapin décoré de boules rose fluo et de guirlandes jaune flashy me tira une grimace.

Je secouai la tête, tentant de chasser cette image atroce, et me concentrai sur le rideau de la cabine face à moi. Lison effectuait les derniers essayages pour sa robe de mariée et m'avait entraînée avec elle pour que je tente de trouver une robe pour aller avec mon rôle de témoin.

— Margaux ? fit la voix de ma sœur.

— Hum ?

— Logan a un match ce soir ?

— Euh, non. Demain.

Je replongeai dans mon magazine, feuilletant consciencieusement les pages pour découvrir, effarée, que les mules, en particulier celles en fourrure, étaient l'accessoire tendance de cet hiver. Pendant une seconde, je m'imaginai avec une doudoune bleu électrique et des mules poilues garnies de talons pour aller au bureau.

Je n'étais pas prête à une telle humiliation pour être à la mode.

— Tu étais au courant pour le renouveau du sous-pull ? demandai-je à Lison.

— Du sous-pull ? répéta Lison. Tu veux dire… ces trucs qu'on mettait quand on était gamines ?

— Oui, ces trucs affreux qui rendaient nos cheveux électriques.

Lison écarta le rideau légèrement, laissant un petit espace pour y glisser sa tête. Elle affichait une mine horrifiée et aurait fait un fabuleux modèle pour *Le Cri* de Munch. Lison avait toujours eu un sens aigu du style, m'apprenant dès l'adolescence à harmoniser mes tenues et à me maquiller.

Je savais – et l'humanité entière devait aussi le savoir – que les sous-pulls n'avaient pas droit de cité dans le monde de ma sœur.

— Plutôt mourir de froid que de porter un sous-pull, lâcha-t-elle, avant de rabattre le rideau et de finir d'arranger sa tenue.

Je rapprochai la page de mes yeux et lus le début de l'article, énumérant avec un déstabilisant sérieux les qualités méconnues – et probablement mensongères – du sous-pull en lycra, option « générateur d'électricité et pourvoyeur d'urticaire ».

Je refermai le magazine, scrutant la date de parution. Le tirage indiquait bien une date remontant à une dizaine de jours. Après avoir vérifié que j'étais à l'abri des regards des vendeuses, je finis par arracher la page et par la plier en quatre : de toute évidence, cet élan vintage pouvait inspirer une collection de décorations de Noël pleine de nostalgie.

Je reposai le magazine sur le guéridon près de moi et pris la tasse de thé fumant qu'on m'avait servie à mon arrivée. Patiemment, j'attendis que ma sœur apparaisse. Après quelques secondes, la vendeuse qui l'aidait à mettre sa robe s'éclipsa de la cabine et m'offrit un sourire ravi.

— Elle est superbe, m'assura-t-elle.

— Ma sœur pourrait se marier avec un sac-poubelle sur le dos et les cheveux mouillés qu'elle serait fatalement superbe, soupirai-je.

— Est-ce ma faute si j'ai hérité des gènes du style et du bon goût ? intervint ma sœur.

— Papa portait des chemises à fleurs et maman... Eh bien, maman le cautionnait, tu m'expliques d'où viennent tes gènes ?

— Tu as raison, c'est probablement inné, répondit-elle en ouvrant brusquement le rideau.

Ma sœur, ma mère par procuration et probablement ma meilleure amie se tenait devant moi, habillée d'une splendide robe bustier blanc cassé en soie. Le haut de la robe était recouvert d'une fine dentelle qui protégeait aussi ses bras. Pour l'essayage, elle avait remonté ses cheveux dans un chignon improvisé, laissant ainsi sa nuque dégagée. La robe cintrait parfaitement sa taille et chutait élégamment à ses pieds.

— Lison, tu es... C'est magnifique, dis-je, les larmes au bord des yeux.

— Le dos est un peu découvert, alors j'ai pensé rajouter un boléro.

Elle pivota sur elle-même, et je constatai, en effet, que son dos était dénudé. Une ligne verticale de bouton en perles de nacre mettait en valeur sa silhouette, pendant que sa jupe fluide et aérienne se transformait en traine sensationnelle et mousseuse s'étalant sur la moquette de la petite estrade sur laquelle ma sœur campait.

Lison était spectaculaire.

— Pierre va être ébloui, dis-je en écrasant une larme traîtresse au coin de l'œil.

— Merci, fit-elle en faisant glisser ses mains sur le tissu immaculé.

Elle tira doucement sur la dentelle au niveau de ses poignets, les ajustant au millimètre. Tout en m'approchant d'elle, je décelai une pointe de fierté dans son regard. Après s'être occupée de nous pendant des années, Lison prenait soin d'elle. C'était amplement mérité.

La vendeuse réapparut avec un voile à la main. Le sourire aux lèvres, elle l'accrocha au chignon de ma sœur et étira le tulle jusqu'à ce qu'il tombe à ses pieds.

— J'ai un doute sur le voile, admit Lison en se tournant vers le miroir en pied accroché au mur.

Je me postai à ses côtés, toujours admirative de son allure. Cette robe lui allait parfaitement, convenait impeccablement à son rôle d'adulte. Elle reprenait le cours de sa vie, celle à laquelle elle avait rêvé avant.

Émue, je pris sa main dans la mienne et lui adressai un sourire par le miroir.

— Quel genre de doute ? l'interrogeai-je.

— Ça ne fait pas un peu… disons, un peu trop mariage ?

Je retins un rire. Lison et son respect des règles. Lison et son conformisme. Lison et sa discrétion perpétuelle. Même pour le plus beau jour de sa vie, celui où elle était la seule star, elle trouvait le moyen de se poser des limites.

— C'est ton mariage, Lison, tu pourrais t'habiller avec une guirlande lumineuse, une robe en lamé argenté et des boots en cuir jaune canari, que tu serais la plus belle. Tu peux tout faire, Lison. Tu peux être *too much* pour cette journée-là.

— Alors je garde le voile ? demanda-t-elle, toujours incertaine.

— Tu gardes le voile.

Du regard, je cherchai la vendeuse. Elle se tenait à l'écart et se contenta de sourire en accrochant mes yeux.

— Vous auriez un diadème ? demandai-je.

— Margaux, ce n'est pas..., tenta ma sœur.

— Cadeau de ta témoin et de ta sœur, la coupai-je. Amenez-nous plusieurs modèles, surtout les plus extravagants. Je veux que ma sœur brille.

— Tu veux me transformer en sapin de Noël, Margaux !

— Tu te maries le jour de Noël, je n'y suis pour rien si tu choisis une thématique qui me parle !

Quelques minutes plus tard, la vendeuse revenait avec un présentoir en velours et une dizaine de modèles différents de diadèmes et autres tiares. Lison se prêta à l'essayage avec plaisir, s'admirant régulièrement dans le miroir, avant d'arrêter son choix sur un diadème orné de fleurs argentées, de perles et d'éclats scintillants.

— Et pour le boléro ? m'interrogea-t-elle en me montrant les deux modèles devant lesquels elle hésitait. Plutôt fourrure blanche, façon lapin des neiges, ou plutôt fourrure marron, façon lapin pas des neiges ? reprit-elle.

— La seconde. Sans aucun doute. Sinon avec tout ce blanc, au milieu de la neige, on va finir par te perdre !

Elle acquiesça et, pendant qu'elle apportait la touche finale à sa tenue, je me réinstallai dans le fauteuil. La vendeuse prit les dernières mesures et vérifia la traîne. Lison observa sa silhouette durant encore quelques instants, avant de retourner en cabine.

— Pendant que je me change, tu devrais chercher une robe pour le mariage, cria-t-elle de derrière le rideau.

— Je vais essayer, soufflai-je.

La vendeuse me suivit et, pendant que Lison retirait sa robe, j'en sélectionnai trois et filai en cabine pour les essayer. Les deux premières tirèrent une moue dubitative à ma sœur. La troisième en revanche la fit crier de joie.

— C'est celle-ci, Margaux, s'enthousiasma-t-elle. Elle met tes yeux en valeur.

J'observai le tissu turquoise qui épousait mes hanches. Le décolleté drapé restait sage, en contraste du dos largement ouvert qui laissait voir ma peau laiteuse. Le bas de la robe était fendu, me permettant de marcher avec aisance. Machinalement, je remontai mon imposante chevelure bouclée pour dégager ma nuque, mais ma sœur réagit aussitôt.

— Tu devrais les mettre sur le côté. Façon star de Hollywood des années 1950.

Je m'exécutai et tirai la masse de mes cheveux sur mon épaule gauche. Adoptant ma pose la plus glamour, je fixai mon reflet dans le miroir. Je n'étais plus cette fille joufflue et maladroite, qui tentait et réussissait à passer inaperçue. J'étais désormais Margaux, chef de produit marketing, libre, indépendante et prête à conquérir toute la gent masculine.

J'étais lucide : j'allais commencer par en conquérir un, et, optimiste convaincue, je ne doutais pas que, fous de jalousie, ils finiraient par ramper à mes pieds.

Mais une première conquête serait déjà un bon point pour mon moral.

Perdue dans mes pensées, je ne captai que les derniers mots de ma sœur.

— … avec Adam.

— Pardon, tu disais ?

— J'ai prévu un dîner ce soir avec Adam, répéta-t-elle. Pierre a réservé le restaurant.

Je pivotai vers ma sœur, et elle haussa un sourcil, comme si elle savourait son rôle d'entremetteuse. J'avais déjà croisé Adam une demi-douzaine de fois et à chaque fois, l'humiliation avait pris le pas sur toute tentative de séduction : pour une raison qui échappait à tous, Adam m'oubliait. À chaque rencontre, je devais me représenter et expliquer que Lison était ma sœur.

— Tu crois que je peux garder la robe pour ce soir ? Histoire de maximiser mes chances avec lui ?

— Tu n'as pas besoin de cette robe pour attirer son attention.

— Tu as raison : je vais y aller nue ! Comme ça, je serai foutrement inoubliable, dis-je en riant.

— Tu l'es, Mar'. C'est juste qu'il a beaucoup de travail. Il a dit à Pierre qu'il te trouvait très sympa.

— Sympa ? répétai-je. Je ne veux pas être sympa. Je veux être… fatale. Ou incomparable. Ou incroyable, continuai-je. Être sympa, c'est être déjà dans la *friendzone* sans même avoir eu ma chance dans la *sexzone*.

Ma sœur se contenta de rire, pendant que je m'imaginai déjà en grande séductrice, prête à prendre une voix veloutée et une moue dédaigneuse.

— C'est la robe que vous avez choisie ? me demanda une vendeuse.

Je sortis définitivement de ma rêverie et acquiesçai. La vendeuse s'agenouilla devant moi et ajusta la robe avec quelques épingles.

— Tu sais ce qui te rendrait vraiment incroyable ? m'interrogea ma sœur.

— Des jambes de 1,20 m ?

— Ma robe noire.

Je me tournai vers ma sœur, ébahie, pendant qu'elle hochait la tête avec certitude et conviction. On ne parlait pas d'une robe. On parlait d'un mythe. La robe noire de Lison l'avait accompagnée lors de toutes les étapes de sa relation avec Pierre : leur premier rendez-vous, leur première nuit ensemble, la présentation aux parents, la demande en mariage.

Cette robe noire avait vécu plus de choses que moi.

— Ta robe noire ? répétai-je.

— La robe noire. Fines bretelles et rangée de strass sur le décolleté. Il va être sous le charme.

❁

Ce n'était pas une robe, c'était un habit de lumière et de confiance qui me faisait entrer dans cette brasserie, comme Claudia Schiffer entrait sur les podiums des défilés. Les clients du restaurant se braquaient sur moi, pendant que je le traversais pour rejoindre notre table.

Adam et Pierre nous y attendaient déjà. Quand Pierre vit Lison, son regard s'éclaira immédiatement, et il se leva pour lui tirer une chaise. J'aurais adoré qu'un homme me regarde de cette façon, comme si je marchais sur les eaux. Lison embrassa doucement son fiancé sur les lèvres, avant de s'asseoir avec grâce.

— Margaux, tu es splendide, me complimenta-t-il.

Il tira une deuxième chaise, et je m'installai en face d'Adam. J'avais espéré un face-à-face plein de fascination et de curiosité. Je l'avais : Adam scrutait avec avidité son menu, m'ignorant totalement. Je jetai un coup d'œil vers ma sœur qui, d'un hochement de tête, tenta de me rassurer.

— Adam, tu te souviens de Margaux, bien sûr ! lança Lison avec un large sourire.

Son froncement de sourcils répondit pour lui. À ce stade, ce n'était plus une douche froide, c'était un bain gelé au milieu d'icebergs. La robe noire n'était magique que sur Lison. Déprimant et vexant.

— C'est ma sœur, fit Lison.

On ne pouvait pas reprocher à Adam une forme élaborée d'hypocrisie : à sa place, pour éviter qu'on me juge, j'aurais hoché la tête avec un air entendu et j'aurais simulé une joie sans bornes de retrouver une vieille connaissance. Adam, lui, était sincère dans son ignorance.

Je prenais les points positifs où je pouvais les trouver.

— Je te l'ai présentée lors de mon anniversaire, lui rappela Lison avec patience.

— Oh. Oui, répondit-il.

Une vague de soulagement s'empara de moi. Au moins, les souvenirs remontaient à la surface. Péniblement, mais ils remontaient. Je me redressai sur ma chaise, collai un sourire à mes lèvres, je me sentais forte et confiante.

— C'est parce que tu as changé ta couleur de cheveux depuis ! s'exclama-t-il.

Forte, confiante et naïve. Je décidai de mettre un terme à mes souffrances et tendis la main dans sa direction.

— Reprenons depuis le début : je m'appelle Margaux.

— Adam, répondit-il en serrant ma main.

— Oui, je m'en souviens.

— Je suis le témoin de Pierre.

— Oui, je m'en souviens aussi.

Il remua sur sa chaise, visiblement mal à l'aise. C'était

plus fort que moi : j'aurais aimé prendre ce rôle de grande séductrice qui, de l'index, s'entortillait une mèche de cheveux en affichant sa plus belle mine d'ingénue, mais j'étais trop en colère pour la contenir. Il m'avait oubliée.

Ce qui le classait dans la catégorie des goujats.

— Toutes mes excuses, Margaux. J'ai été très occupé dernièrement et j'ai souvent eu l'esprit ailleurs.

— Adam a beaucoup voyagé, expliqua Lison.

Je lui lançai un regard sombre et appuyé. En une seconde, elle avait changé de camp. Ce mec m'avait oublié, et elle était en train de le défendre.

— C'est assez lamentable comme excuse, répliqua Adam en souriant, lucide. Mais c'est vrai, mon travail m'a pris tout mon temps. Au moins, ce pan de ma vie fonctionne parfaitement.

Il but une gorgée de son vin, pendant que Lison me faisait un petit signe de tête pour m'encourager à poursuivre la conversation. Je fixai Adam, sa peau mate, ses yeux sombres, le triangle de peau que sa chemise légèrement ouverte laissait apparaître. Même sans rien faire, même en étant quasiment amnésique, il parvenait à être attirant.

— Et vous faites quoi dans la vie ? demandai-je.

— Je suis dans la communication et le sponsoring pour une entreprise alimentaire.

— L'an dernier, l'entreprise d'Adam a partiellement pris en charge une soirée de charité pour financer une maison de repos.

Il me sembla apercevoir un début de rougissement embarrassé sur les joues d'Adam. Il se réfugia dans son verre, pendant qu'un serveur venait déjà prendre notre commande. Ma sœur se pencha vers moi.

— Laisse-lui une chance, Mar', murmura-t-elle.

— Il m'a oubliée, répondis-je en retour, les dents serrées.

— Il a eu une année difficile.

Je n'eus pas le temps de demander plus de détails. Pierre se lança dans une conversation animée sur le dernier film qu'il avait vu, puis enchaîna sur l'organisation du mariage.

— Adam m'a dit qu'il acceptait de nous accompagner au cours de danse. Tu seras des nôtres, Margaux ?

Je lançai un regard perdu à ma sœur. Ça ressemblait à un guet-apens. J'étais censée briller devant Adam. Et danser ne me faisait pas briller. Loin de là. Danser était une épreuve pour moi et une douleur pour ceux qui me regardaient : ils étaient toujours persuadés que je me débattais avec un démon intérieur, ou que je chassais un insecte récalcitrant.

— Je ne sais pas si...

— Le premier cours est la semaine prochaine, me coupa Pierre. Et Adam ne va pas y aller sans avoir une cavalière assurée.

— À vrai dire, je ne sais pas danser, bredouillai-je en tordant ma serviette.

— C'est le principe des cours de danse, je crois, répondit Adam avec un sourire.

— Certes, murmurai-je.

— Et après ce premier cours, on fera un point sur la décoration de la salle de réception. Margaux a toujours eu un goût très sûr pour la décoration. Et elle adore Noël, souligna ma sœur.

— Si, un jour, j'ai besoin de publicité ou d'une annonce pour un site de rencontres, je t'appelle, répondis-je en riant nerveusement.

— Je t'enverrai l'adresse pour le cours de danse, promit ma sœur. En revanche, c'est un vendredi.

Je me pinçai les lèvres. Quand j'avais donné mon accord pour l'aider pour son mariage, je n'avais pas envisagé que cela empiéterait sur mes activités habituelles. J'avais déjà loupé l'entraînement de Logan cette semaine. Quand j'irai lui dire que je sécherai aussi le prochain pour apprendre la valse ou le tango, il ira demander un examen psychiatrique.

— Un problème avec le vendredi ? m'interrogea Adam.

Il m'adressa un sourire angélique et un regard appuyé. Une bouffée de chaleur m'étreignit, et je remerciai l'effet de la robe noire. Elle avait sûrement besoin de quelques minutes pour activer son superpouvoir.

— Je pourrai te conduire, si tu veux, proposa Adam.

J'aurais aimé dire que le choix était cornélien. Être assise, plusieurs heures, sur un banc inconfortable, dans une patinoire glaciale, tout en supportant les groupies décérébrées de Logan ; ou être confortablement installée dans une voiture chauffée avec un homme séduisant et qui me regardait comme je regardais un pot de glace après une longue journée.

— Tu me donneras ton numéro et on s'organisera, continua-t-il.

Sous la table, Lison me donna un petit coup de pied, me faisant sursauter. J'étais tellement sous le choc qu'on me demande mon numéro de téléphone que j'en étais restée muette.

— Enfin, si tu es d'accord. Et si tu veux bien libérer ton vendredi pour aller danser avec moi.

M'aurait-il demandé de faire les grands magasins, la veille de Noël, en bravant la foule impatiente pour trouver un cadeau pour son ex, que j'aurais accepté dans l'instant. Je sortis mon téléphone et ouvris mon agenda. Sans trembler, je supprimai mon rendez-vous hebdomadaire avec Logan et ajoutai le prénom d'Adam à la place.

— Tu m'appelles ? dis-je avec un large sourire.

Chapitre 5

— La tactique pour le prochain match est donc assez claire, expliqua le coach, debout devant nous. La défense adverse est fragile, si on arrive à pousser le palet jusqu'à Rocket, le plus dur sera fait.

Je m'installai au fond de ma chaise, me concentrant sur les dessins approximatifs de notre coach sur le tableau blanc. L'ensemble de l'équipe était attentif, mais sentir mon téléphone vibrer dans ma poche ruina mes efforts. Discrètement, je le sortis de mon pantalon, découvrant un message de Margaux.

Je n'eus pas le temps de le lire que déjà j'étais repris à l'ordre comme un gamin de cinq ans.

— Rocket ? Tu as mieux à faire ? m'interrogea le coach.

— Non. Désolé.

— Pour la défense, vous devez vous concentrer sur leur attaquant vedette. Ce n'est pas le plus rapide, mais il est très précis. Il mettrait le palet au fond du filet dans un trou de souris.

Devant moi, les défenseurs hochèrent la tête d'un seul mouvement. Après le coup d'éclat de Margaux, Nathan n'osait toujours pas soutenir mon regard. Nous avions eu de la chance, personne n'avait filmé la scène à l'extérieur du bar. À nouveau, mon téléphone vibra.

Le prénom d'Heidi s'afficha, et le seul souvenir de notre nuit passée me tira un sourire. Son canapé était si inconfortable que nous avions fini par faire l'amour sur son tapis persan. Sympa, mais mon dos portait encore les stigmates du frottement de la laine contre ma peau. Nous avions convenu de boire un verre dans la soirée, aussi, je présumai qu'elle me confirmait l'heure de notre rencontre.

— Concernant les combinaisons, il faut qu'on retravaille certaines d'entre elles.

L'ensemble de l'équipe grogna. Personne n'aimait ces fameuses combinaisons. Elles étaient censées nous apporter réussite et régularité. J'avais juste la sensation qu'on me privait de mon instinct de joueur. J'aimais la vitesse, j'aimais l'improvisation. L'idée même d'appliquer une chorégraphie sportive pour gagner des matchs m'agaçait.

— Je sais, je sais, vous n'aimez pas ça, fit notre coach. Dites-vous que ça fait travailler vos automatismes.

— C'est contre-productif, lâchai-je, avant d'être approuvé par l'ensemble de l'équipe.

— C'est toujours moins contre-productif que de vous voir foncer dans l'adversaire pour lui piquer son protège-dents, Rocket.

— On fait du hockey, pas du tricot, grommelai-je.

— Du hockey, Rocket. Pas de la boxe dès que l'occasion se présente. Tu ne deviendras pas un grand joueur, si tu passes ton temps en pénalité à regarder le match derrière un plexiglas.

Je me renfrognai et croisai les bras sur ma poitrine. Le coach avait une vision très « propre » du hockey. Sur la glace comme dans ma vie, j'avais tendance à me laisser porter. Les stratégies, les combinaisons et les autres tactiques m'ennuyaient. Il me suffisait de regarder un hockeyeur évoluer dix minutes sur la glace pour savoir à qui j'avais affaire.

Nous avions cette confrontation chaque mercredi, lors des préparations et des causeries d'avant-match. Je me sentais frustré et à l'étroit, mais, à chaque fois, le contact de la glace me faisait oublier mon agacement.

— Deux dernières choses avant qu'on aille sur la glace : le prochain match de championnat est en extérieur. Je ne veux personne en retard : bus pour tout le monde à 8 heures, samedi.

L'information fut accueillie fraîchement. Le bus, l'horaire : j'avais l'esprit d'équipe, mais je détestai me lever avant le soleil. Et puis, à cette saison, le froid était insupportable.

— D'ici mercredi prochain, vous devrez remettre la main sur vos costumes.

Nous étions une quinzaine dans la salle, mais nous protestâmes aussi fort qu'un régiment militaire contraint de courir trente kilomètres sous la pluie. Nous forcer à mettre nos costumes ne signifiait qu'une chose.

— Comme vous l'aurez compris, nous avons notre première soirée de fin d'année.

Il y eut un grand silence, et nous échangeâmes des regards interrogatifs. Nous étions habitués à cette soirée de fin d'année : petits-fours, champagnes, nos sponsors, l'ensemble de l'équipe d'encadrement, des journalistes et, parfois, quelques membres du club de supporters. On faisait de notre mieux pour paraître civilisés et polis. Certains d'entre nous amenaient leurs compagnes. Nous affichions notre motivation pour les derniers mois de la saison et, à la fin, nous faisions une photo ensemble pour montrer notre cohésion.

Ça, c'était la version officielle.

Officieusement, on nous forçait à porter nos costumes souvent étriqués, le champagne était tiède, les petits-fours infâmes et nous serions une palanquée de mains moites et molles. Ces soirées ne visaient qu'à rassurer nos sponsors, pour faire en sorte qu'ils refassent un chèque à la saison suivante.

Margaux m'escortait lors de ces soirées. Ainsi j'avais au moins quelqu'un avec qui plaisanter – et qui comprenait mon humour – et en plus, elle s'assurait que je me tienne bien. Grâce à Margaux, qui savait parfaitement tenir une conversation, je parvenais à discuter avec les plus grands pontes des sociétés qui nous finançaient sans passer pour un crétin.

Je pouvais survivre à cette soirée. Je l'avais fait depuis cinq ans. Le plus difficile était sûrement de retrouver ma chemise blanche perdue dans mon dressing. Cette fois pourtant, ce qu'avait dit le coach nous interpellait tous.

— Comment ça « la première » ? l'interrogeai-je.

— Une seconde soirée doit avoir lieu prochainement et…

— Une seconde ? criai-je.

— Une seconde. Dédiée aux fans. Le président du club veut promouvoir les abonnements, et il va donc falloir donner de vous-mêmes…

Devant nos mines effarées et craignant d'affronter une vague de mécontentement de types beaucoup plus musclés que lui, le coach entreprit de nous rassurer :

— C'est incertain. Nous devons encore régler des détails. Et la date n'est même pas confirmée, ajouta-t-il, comme si ce seul argument allait calmer notre frustration.

— On est hockeyeurs, coach, pas spécialistes en relations publiques, grognai-je.

— Je sais, Rocket. Mais si tu veux de nouveaux patins l'an prochain, il va falloir faire quelques courbettes et des photos gênantes.

— On a déjà des photos gênantes de Rocket, intervint l'un de mes coéquipiers.

— Viens avec Margaux, ça nous fera une chouette distraction, ajouta un autre.

Je serrai le poing à m'en faire mal, prêt à lui faire ravaler son impertinence. Ils devaient pourtant tous savoir que Margaux était un sujet sensible. Je contins mon énervement et me levai brutalement de ma chaise. J'avais besoin de me défouler.

— On y va, coach ? demandai-je.

— On y va ! répondit-il. Et on commence par les combinaisons ! hurla-t-il alors que nous nous précipitions vers le vestiaire.

Ces combinaisons étaient merdiques. Je passai mon temps à attendre qu'un palet arrive à mes pieds, pour ensuite l'envoyer dans le filet. Filet qui n'était même pas gardé. Nous étions à la quinzième tentative, et j'avais dû toucher le palet moins de cinq fois. À chaque fois, soit mon ailier loupait sa réception, soit le palet filait à toute vitesse dans le sens opposé.

— On ne peut pas faire un vrai match, soupirai-je, lassé.

Mes coéquipiers hochèrent la tête comme un seul homme, presque soulagés que l'un de nous ose faire une suggestion utile.

— Je ne peux pas travailler ma vitesse avec ce genre

de trucs, coach. Je veux bien faire tous les enchaînements que vous voulez… mais bordel, faites qu'on patine un peu.

Être la star de l'équipe me donnait quelques privilèges, notamment celui de pouvoir l'ouvrir sans craindre d'être puni de match le week-end suivant. J'étais rapide et agile, et je pouvais faire basculer un match en quelques secondes et trois coups de coude bien placés. J'aimais gagner et si je pouvais le faire en offrant du spectacle et de l'action, c'était encore plus jouissif.

— Faites deux équipes de quatre, hurla le coach. On finit par un match.

J'ajustai mon protège-dents et fis tomber la visière devant mes yeux. J'agrippai ma crosse, désignai trois coéquipiers au hasard et je glissai à toute allure vers le centre de la patinoire, chopant un palet au passage.

Je donnai le coup d'envoi, passai le palet sur ma gauche, avant de patiner jusqu'au but. Dans une gerbe de glace, j'esquivai deux défenseurs et récupérai le palet d'un de mes coéquipiers. C'est en sentant une vive douleur dans le bas du dos que je compris que le match n'avait rien d'amical. Le souffle court, j'accusai le coup, lâchai un juron et laissai échapper le palet pendant le bref instant où j'étais déstabilisé. Reprenant mes esprits, je me mis en chasse du crétin qui avait voulu m'envoyer contre la rambarde. J'entendis le coach pester mais, en quelques instants, j'ai retrouvé l'énergie euphorisante et l'adrénaline du hockey. Je ne pensais qu'à ma vitesse, slalomant entre trois joueurs, avant d'en percuter durement un troisième, qui termina sur la glace.

Si le coach espérait encore voir ses combinaisons, il allait tomber de haut.

Je récupérai le palet et entrepris le chemin inverse,

fonçant jusqu'au filet adverse. À nouveau, j'esquivai un joueur. Mais, pris de vitesse, je ne pus éviter le deuxième et le percutai violemment. Nous chutâmes tous les deux sur la glace, faisant voler quelques éclats de glace.

— Bordel, Rocket, c'est un match d'équipe. Pas une espèce de challenge où tu luttes contre le reste du monde ! beugla mon coach, furieux.

— Il était sur mon chemin, protestai-je.

— Il est dans ton équipe, gros malin ! Faire des passes, tu connais ?

— Pourquoi passer quand je suis sûr de pouvoir marquer ?

Mon coach leva les bras au ciel, avant de les baisser aussitôt, dépité. Je me relevai et aidai mon coéquipier à se redresser.

— J'aurais fait la même chose, s'esclaffa-t-il.

Profitant de ce moment de flottement, il récupéra le palet et se lança à l'assaut du filet. L'équipe adverse se jeta à ses trousses, et je les imitai, vexé d'avoir été pris de vitesse. J'envisageai de lancer ma crosse sur ses lames – c'était interdit, mais il n'avait pas été non plus très loyal – pour l'arrêter.

J'accélérai, appuyant sur mes patins et lançant mon corps en avant. Les yeux rivés sur le palet, je parvins à dépasser mon coéquipier. Nos épaules se frottèrent, et je l'entraînai vers la rambarde, bataillant crosse contre crosse pour récupérer le palet.

Je finis par y parvenir, repoussant mon coéquipier contre le plexiglas. Nous échangeâmes un sourire complice : il aurait fait la même chose. Alex était ma copie conforme : prêt à tout, doté d'un physique impressionnant et ne craignant jamais de prendre des coups. Coincé contre la vitre, il se débarrassa de son protège-dents.

— Va te faire foutre, balança-t-il dans un rire.

— Fait hier soir, répondis-je. Heidi, tu la connais, non ?

— Pas ton genre d'habitude de ramasser ce qui reste.

— Fallait que je lui montre à quoi ressemblait une vraie séance débridée de baise. On a fini sur son tapis, ajoutai-je.

— Oh ! parce que cette fois tu as fini ? s'étonna-t-il.

Je lui donnai un nouveau coup. Son corps percuta bruyamment la vitre. Nous rîmes tous les deux : tout cela n'était qu'un vaste jeu. Nous affronter nous stimulait et Alex était un parfait *sparring partner*, prêt à exploiter mes failles pour que je devienne encore meilleur. Après une ultime bourrade, torse contre torse, je libérai Alex et repris le palet.

En trois coups de patin, j'effaçai les quelques mètres qui me séparaient du filet, et le palet glissa à l'intérieur. Mission accomplie.

— C'était lamentable, Rocket, hurla le coach.

— C'était efficace.

À nouveau, il jeta ses bras de dépit, pendant que les membres de l'équipe me félicitaient. Je récupérai le palet, et Alex fit une nouvelle mise en jeu et relança la bataille pour ce match improvisé.

Après une heure de match, durant laquelle nous n'avions appliqué ni combinaison ni consignes, le coach avait fini par abandonner l'idée de faire de nous des sportifs raisonnables. Même dans les vestiaires, nous passions notre temps à nous invectiver. À la sortie de la douche, le sujet Heidi resurgit.

— Et que pense Margaux de tout ça ? demanda Alex, tout en enfilant un T-shirt.

— Sûrement pas grand-chose, dis-je en haussant les épaules.

— Je lui payerai un verre vendredi, lâcha Alex.

Je lui lançai un regard sombre et commençai à ranger mes affaires dans mon sac de sport. Cette obsession envers Margaux, ces remarques ambiguës, voire salaces, m'agaçaient de plus en plus. C'était l'inconvénient de toute cette testostérone concentrée dans un petit espace : très vite, les mecs oubliaient tout filtre et semblaient sortir d'une grotte préhistorique.

— Parce que tu crois que tu lui plairais ? demandai-je à Alex.

— J'en suis certain. J'ai bien vu qu'elle me reluquait aux entraînements et puis, j'ai compris qu'on n'avait pas besoin de ton autorisation.

Une image fugace de Margaux, son air innocent, sa peau diaphane et sa longue chevelure bouclée, associée à Alex, son corps musclé, sa peau métisse et son regard brillant de vice, me tira un frisson désagréable. Margaux n'était qu'innocence et lumière, elle méritait mieux qu'un type qui avait fini par prendre des actions dans une société de préservatifs.

Alex était la coqueluche des filles. Même en plein match, avec la foule hurlante, le speaker et la musique, j'entendais ses groupies couiner son prénom. Alors, il en profitait, usant et abusant de son corps tatoué et gonflé de muscles et de son aura de joueur de hockey pour séduire autant de filles que possible.

— Ne prends pas tes rêves pour la réalité, grommelai-je, avant de claquer la porte de mon vestiaire aussi fort que possible.

Balançant mon sac sur mon dos, je me dirigeai vers la sortie, donnant un violent coup d'épaule à Alex. Ce dernier ne cilla pas et se contenta de rire à gorge déployée, satisfait de m'avoir énervé pour de bon.

— Margaux n'est pas pour toi, dis-je à voix basse.

— Un jour ou l'autre, elle finira par trouver un mec, répondit Alex dans un vestiaire soudainement silencieux.

Je me figeai, la main sur la barre de la porte. Margaux était une présence constante dans ma vie, mes souvenirs étaient liés aux siens, elle avait une tenue de secours chez moi, elle gardait un double de mes clés. Nos vies étaient entrelacées, et l'idée qu'un homme déboule dans notre petite routine ne me réjouissait pas. Cela fragiliserait notre équilibre et, je le savais déjà, cela ruinerait notre amitié.

— Tant qu'elle ne trouve pas un hockeyeur, ça ira.

Je ne répondais pas vraiment à Alex. C'était plutôt un vœu, comme une évidence. Margaux pouvait sortir avec qui elle voulait, mais l'imaginer avec un hockeyeur me tira une grimace.

Ce n'est qu'en arrivant chez moi que je réalisais que j'avais serré les dents tout le long du trajet, comme si je tentais de ravaler ma colère. Pieds nus dans l'appartement, je me rejouai ma conversation avec Alex, celle qui m'avait mis les nerfs à fleur de peau. C'était un dragueur invétéré – à côté de lui, je passais presque pour un enfant de chœur – et un excellent joueur sur la glace. À la réflexion, je comprenais maintenant que ce n'était pas lui qui m'avait fait enrager. Il n'avait été que la goutte d'eau, après Nathan et Arthur.

Mais aucun d'eux ne comprenait vraiment ma relation avec elle. Elle m'avait encouragé avec le hockey, je l'avais soutenue à la mort de ses parents. Elle m'avait aidé à faire mes cartons au moment de mon départ, j'étais là pour sa remise de diplôme.

Personne ne savait ce qui nous liait. Même Lison, même

Gabriel, même moi, parfois. Mais Margaux rendait ma vie plus douce et plus lumineuse, elle m'évitait de déraper et de perdre les pédales, elle était comme un refuge sécurisant, à qui je pouvais tout confier.

Avec Margaux, j'étais libre d'être moi, sans devoir jouer les gros bras. J'étais Logan, pas Rocket. Et ça, c'était foutrement génial.

— Jamais de la vie, avait-elle hurlé en voyant où je l'avais amenée.

— Je suis certain que tu vas y arriver !

— La glace n'est pas suffisamment épaisse.

Chaque hiver, le lac près de chez elle gelait. Quand j'étais ado, c'était un de mes endroits préférés pour patiner avec Gabriel. À l'époque, on improvisait des parties de hockey, en posant nos sacs en guise de limite des filets. Margaux, elle, nous regardait, entre fascination et crainte, effrayée à l'idée que la glace se rompe et nous avale tout entiers.

— Tu peux patiner, Margaux, avais-je dit pour la rassurer. Et puisque tu ne veux pas de spectateurs pour assister à tes premières glissades sur la glace, j'ai pensé qu'on pouvait le faire ici.

— Évidemment. Sur une glace de deux centimètres. Tu t'es dit que mourir gelée, emprisonnée sous la glace était mieux qu'une humiliation publique ?

— Je ne te laisserai pas mourir, Mar', avais-je assuré en retenant un rire.

Elle avait tendu la main devant elle et avait lourdement soupiré.

— Et en plus, il neige.

J'avais simplement souri. Ce n'était pas de la neige, juste quelques flocons qui s'étaient perdus et qui avaient voltigé autour de nous. Margaux avait toujours repoussé l'échéance, trouvant des tonnes de prétextes pour ne pas patiner.

— Écoute, on essaye, avais-je proposé. Si tu parviens à glisser un peu, ensuite, on pourra…

— Tu me fais du chantage ? m'avait-elle coupé, de plus en plus agacée.

— C'est plutôt un compromis.

— Je n'ai plus cinq ans, Logan.

— Très bien. Dans ce cas, tu te fiches sûrement du superbe sapin que j'ai repéré pour votre maison et qui serait idéal dans le salon.

Margaux m'avait fusillé du regard avant de croiser les bras sur sa poitrine. J'avais attendu quelques secondes, espérant la faire changer d'avis. Têtue et déterminée, elle n'avait pas bougé d'un millimètre. J'avais fini par renoncer et j'avais fait quelques pas, prêt à rebrousser chemin.

— Grand comment le sapin ? avait-elle demandé, alors que je m'étais éloigné.

Tellement prévisible.

Malgré tous mes efforts, je n'avais pas pu m'empêcher de sourire. Un vrai sourire de victoire. Parce que gagner contre Margaux, déjà à l'époque, c'était fantastique et enivrant.

— Deux mètres, avais-je répondu.

Margaux et Noël. C'était son point faible, son addiction, l'objet de tous ses fantasmes et autres rêves inavouables. Elle s'était autoproclamée « responsable des opérations hivernales » et dirigeait, dès l'adolescence, l'ensemble des projets liés de près – la décoration tendance du sapin – ou de loin – l'achat impérieux de sets de tables assortis audit sapin – aux fêtes de Noël.

J'avais fait demi-tour. Margaux était toujours furieuse,

fixant la rive opposée du lac comme si elle voulait en découdre physiquement avec la faune locale.

— Et il faut juste... traverser ? avait-elle demandé.

— Tu mets les patins et je t'aide à trav...

Subitement, elle m'avait arraché les patins accrochés à mon épaule et les avait chaussés avec énergie et agacement. Je l'avais imitée, la suivant du regard, tandis qu'elle s'était approchée de la rive.

— Prête ? avais-je demandé.

— Non. Allons-y.

Je m'étais élancé sur la glace, lui démontrant ainsi sa solidité. Tremblant de tous ses membres, Margaux m'avait regardé, une lueur d'effroi dans les yeux. M'approchant d'elle, j'avais tendu les mains pour attraper les siennes et, tout doucement, les jambes un peu repliées, le corps tendu et tétanisée, Margaux avait glissé sur la glace.

— Très gracieux, m'étais-je moqué.

— Ne commence pas, Logan, avait-elle répondu, les dents serrées.

Très vite, ses mains crispées avaient paralysé les miennes. J'étais néanmoins parvenu à me libérer, et pendant le court moment où Margaux avait été lâchée sans garde-fou sur la glace, elle avait hurlé, provoquant la fuite des rares oiseaux. Je m'étais positionné derrière elle, mes mains sur ses hanches, et je l'avais poussée. Doucement au départ, puis de plus en plus vite, jusqu'à entendre Margaux rire aux éclats et sentir son corps se détendre.

Elle avait pris le risque de tourner la tête, renonçant à toute forme de prudence, pour m'adresser un sourire. La seconde suivante, celui-ci s'était effondré, remplacé par un froncement de sourcils mécontent.

— Tu n'as rien pris pour couper le sapin ? m'avait-elle demandé.

— J'ai dit qu'on allait le voir, pas qu'on allait le couper aujourd'hui. Il faudra revenir.

— Revenir ?

Et elle avait encore hurlé, maudissant mon nom sur plusieurs générations et me promettant une vengeance longue et cruelle. J'avais juste souri et j'avais resserré ma prise autour de sa taille. Collant son corps contre le mien, ma joue froide contre la sienne, j'avais crâné :

— Tu vois, c'est toujours moins drôle sans moi.

La sonnerie de la porte me tira de ma rêverie et me fit écraser la bouteille d'eau que je tenais à la main. Trempé, je retirai mon T-shirt, tout en me dirigeant vers la porte d'entrée. Derrière, le malotru insistait, collant son index contre la sonnerie. Sans prendre le temps de regarder qui était de l'autre côté et prêt à aboyer sur le premier venu, j'ouvris la porte brutalement.

— Margaux ?

Mon énervement retomba comme un soufflé. Margaux entra dans mon appartement, retirant bonnet et manteau en un temps record. Elle s'appuya sur l'îlot de cuisine, alors que je tenais toujours la porte. Elle semblait perdue dans ses pensées et sur la brèche.

— Est-ce que tout va bien ? m'inquiétai-je en me débarrassant de mon T-shirt trempé sur une chaise.

Elle releva les yeux vers moi, et c'est à ce moment que je la vis taper du pied furieusement. J'effaçai la courte distance entre nous et me plantai devant elle, de plus en plus préoccupé.

— Margaux ?

— Il faut que tu m'aides, Logan.

Chapitre 6

Si, un jour, on m'avait dit que Logan représentait ma dernière chance de m'en sortir, je n'y aurais jamais cru. Mais après quatre jours de réflexion, de déni et de listes d'excuses foireuses pour éviter une humiliation qui aurait mené à l'entérinement de mon statut de célibataire, je n'avais plus le choix.

Logan était ma planche de salut.

En tout cas, il le serait s'il acceptait ma demande.

— Margaux ? répéta-t-il.

— J'ai besoin de ton aide.

Je m'arrachai de l'îlot de cuisine et me dirigeai vers l'immense salon de Logan. On aurait pu facilement y faire tenir mon appartement tout entier. Un énorme canapé gris souris était appuyé contre le mur, pendant que deux fauteuils en tissu blanc cassé encadraient la table basse. Au sol, une moquette moelleuse et épaisse chatouillait mes pieds nus.

Je fixai mon attention sur un des cadres qui ornaient les murs : un article de presse qui annonçait la signature de Logan dans son club actuel. La photo datait, et je ne pus m'empêcher de penser qu'il avait sûrement gagné quelques kilos de muscles depuis.

— J'ai dîné avec Lison, Pierre et Adam, dis-je.

— Samedi soir, c'est ça ? Tu me l'as raconté au téléphone, dimanche.

— J'ai peut-être oublié un détail ou deux, marmonnai-je avant de m'asseoir lourdement sur le canapé.

Logan s'installa près de moi, attentif à ce que je lui racontais. Je n'avais aucune idée de par où commencer. Je ne savais même plus si l'origine de mes problèmes était Lison avec son mariage, Adam qui me plaisait un peu trop, ou même moi, maladroite pathologique à la recherche de ma dignité portée disparue.

— Tu m'as dit que tu avais dîné avec ta sœur, son fiancé et son témoin.

— Adam, précisai-je.

— Oui, Adam. L'abruti qui t'a oubliée.

— Ce n'est pas un abruti, le défendis-je.

— Il t'a oubliée, répéta Logan. Et ensuite, il a accusé tes cheveux, puis son travail.

Résumé ainsi, Adam passait effectivement pour un idiot. Mais il était agréable, sympa et terriblement sexy. Cela estompait tout le reste. Logan avait toujours eu un regard très critique sur les hommes qui avaient traversé ma vie. D'après lui, ils n'étaient jamais assez bien pour moi. Aurais-je présenté l'homme idéal, sans l'ombre d'un défaut à Logan, qu'il m'aurait rétorqué qu'il était bien trop poli pour être honnête.

— Il est très sympa, je t'assure.

— Dis-moi comment je peux t'aider. S'il s'agit d'aller lui casser les genoux ou de le suspendre par les pieds du haut de l'immeuble, je peux évidemment faire ce que tu…

— Danser, lâchai-je dans un souffle honteux, tête baissée.

— Danser ?

— J'ai rendez-vous avec lui vendredi pour un cours de danse.

Je pivotai vers Logan. À son regard, je compris qu'il tentait d'assembler les pièces du puzzle. Il savait mieux que quiconque que mon équilibre était précaire, que je pouvais trébucher sur mes propres pieds et que faire une pirouette relevait de l'exploit.

— Quand tu dis « rendez-vous », tu veux dire... comme un rencard ?

— Parce que tu crois que c'est pour ça que je suis ici ? m'exclamai-je. Tu crois que mon problème, c'est... le vocabulaire ?

Je cachai mon visage dans mes mains. Je savais que c'était une mauvaise idée depuis le début, mais constater que Logan n'était pas sur la même longueur d'onde que moi était encore pire. J'avais espéré de la compréhension, de l'indulgence, voire de l'aide.

— Je dois prendre un cours de danse, Logan, répétai-je en appuyant chaque mot, étouffé par mes mains.

— Oui, pour le mariage de Lison. J'ai compris.

Je me redressai, prête à exploser.

— Bon sang, Logan, je ne sais pas danser, hurlai-je.

— Je suis au courant. Tout comme toute ta promotion de lycée, si tu veux mon avis. Et je trouve ça très bien que tu ailles prendre un cours pour apprendre.

— Logan, répétai-je avec un ton plus calme. Adam va être mon cavalier.

Il y eut un silence, puis soudain, le regard de Logan s'éclaira. Pendant une seconde, je crus qu'il avait enfin compris. Je fus vite douchée.

— C'est une bonne stratégie de rapprochement, fit-il. Ça peut fonctionner et...

Il s'arrêta, me fixa avec attention, trouva enfin le bon sens des pièces du puzzle, puis prit ma main pour la tapoter doucement, affichant une mine contrite, avant de rire aux éclats. J'avais rarement eu autant envie de le gifler.

— Je crois que c'est la relation la plus courte que tu aies eue, ricana-t-il.

— Techniquement, nous n'avons même pas une relation. J'ai juste son numéro de téléphone, soupirai-je.

— C'est déjà plus que ce que j'exige pour mes propres relations, répondit-il, me tirant une grimace révoltée.

Il se leva du canapé et se dirigea vers la cuisine. Sortant un verre du placard, il le remplit de vin, avant de saisir une bière dans son réfrigérateur.

— Logan, je risque de me ridiculiser devant Adam.

— Annule, proposa-t-il en me tendant le verre de vin. Annule ce cours, dis que tu t'es tordu la cheville et que tu ne peux pas...

— Je n'ai pas vraiment le choix, le coupai-je. J'ai promis à Lison que je serai prête pour son ouverture de bal.

— Margaux, si ce mec ne s'intéresse qu'à des qualités de danseuse, il n'en vaut pas la peine, répondit-il en s'asseyant près de moi.

— Contrairement à toi, les opportunités de relation ne se bousculent pas à ma porte. Adam a l'air sympa, et le dernier type avec qui je suis sortie a confondu mon prénom avec celui de son ex alors qu'il tentait de me retirer mon T-shirt.

— Être multitâche n'est pas donné à tout le monde, Mar'.

— Adam est mon dernier espoir de ne pas finir vieille fille, soupirai-je, avant de m'enfoncer sur le canapé.

Logan leva les yeux au ciel. Il avait l'habitude de mes grandes envolées mélodramatiques sur ma vie amoureuse. J'enchaînai les échecs comme Nadal enchaînait les victoires en tennis : de manière brillante, spectaculaire et sans aucune surprise.

— Sauf si tu m'aides, dis-je en trouvant le regard de Logan.

— Que je t'aide ? répéta Logan.

— À m'apprendre à danser.

Je me réfugiai dans mon verre, tandis qu'il secouait la tête, comme s'il refusait de me comprendre. Il but une gorgée de sa bière, laissant le silence s'installer, comme s'il testait ma patience et mon abnégation. Ma dose de patience était presque aussi vide que mon verre – il ne restait déjà plus qu'une gorgée –, et mon abnégation était intacte.

— Le but des cours de danse est de t'apprendre à danser, me rappela-t-il.

— Logan, tu sais que ça finira mal. Au mieux, je me ferai mal et terminerai aux urgences ; au pire, c'est Adam que j'expédierai à l'hôpital avec un risque d'amputation des orteils.

— C'est sans moi, Mar'.

— Logan, je t'assure que j'ai essayé : j'ai maté l'intégrale de *Danse avec les stars* en tentant de m'imprégner de leurs techniques, j'ai regardé des tutos sur Internet, j'ai même loué *Dirty Dancing*, m'écriai-je en espérant plaider ma bonne foi.

— Mar', je ne suis pas danseur.

— Tu ne peux pas être pire que moi. Tu sais pourquoi tous ces trucs n'ont pas fonctionné ?

— Probablement parce que tu vises le niveau olympique alors que tu ne sais même pas marcher sans risquer de te tuer ?

— Parce qu'il faut être deux, répondis-je avec l'assurance d'une fille déterminée.

Même en prenant une nouvelle gorgée de sa bière, Logan me fixait droit dans les yeux. Il n'avait jamais refusé de m'aider, souvent même, c'était lui qui me proposait son aide et je rechignai à l'accepter, craignant de me sentir redevable.

— Je ne peux pas apprendre à danser en étant toute seule dans mon salon et en répétant une espèce de valse bizarre.

— Donc tu t'es dit « allons demander à ce bon vieux Logan pour qu'il m'aide » ?

J'eus une seconde de réflexion. À vrai dire, je n'y avais même pas pensé. Lassée de constater que mes efforts ne menaient à rien, j'avais fini par en venir à la conclusion qu'apprendre à danser seule, devant mon écran, n'était pas la solution. Je devais trouver un partenaire.

Et mes pieds, instinctivement, m'avaient amenée ici, dans l'appartement de Logan.

— Oui, avouai-je. Je... Je n'y ai pas vraiment réfléchi.

— J'en suis certain. Parce que demander à un hockeyeur de t'apprendre à danser n'est pas une évidence pour tout le monde.

— Je sais. Mais je me suis rappelé ce truc que tu me dis tout le temps.

Il leva un sourcil, interloqué, avant de prendre une nouvelle gorgée de sa bière. Logan était ma première et ma dernière chance de ne pas me ridiculiser et de pouvoir séduire Adam.

— Que, sans toi, c'est moins drôle.

Un sourire se dessina sur ses lèvres. Qu'il ne me rit plus au nez était déjà une victoire. Cela étant, je n'étais pas stupide. Ce sourire n'était pas gratuit : Logan allait me rappeler ce petit moment de faiblesse tout le reste de ma vie.

— Il va nous falloir quelque chose de plus fort, marmonna-t-il en se relevant du canapé.

— Tu es d'accord ?

— Je ne veux pas que tu demandes ce genre de service au premier venu. Et si ça peut aider ta vie amoureuse…

Je lâchai un cri de joie, manquant de renverser les ultimes gouttes de mon vin sur le sol. Je posai mon verre sur l'un des meubles qui ornaient la pièce, avant de foncer vers Logan pour l'étreindre, mes bras autour de sa taille. Avec sa tonne de muscles, je peinais à en faire le tour.

— Merci beaucoup ! dis-je, serrée contre lui.

— Tu me remercieras si on arrive à faire quelque chose, grommela-t-il.

Je collai ma joue contre son torse qui embaumait encore le gel douche. Mes mains glissèrent sur sa peau, et je m'écartai légèrement pour mieux relever les yeux vers lui. Il m'adressa un petit sourire, avant de dégager une mèche de cheveux de mon visage.

— Si c'était un mec bien, il se ficherait bien que tu saches danser ou pas, souffla-t-il.

— Peut-être. Mais pour qu'il apprenne à me connaître et pour qu'il tombe amoureux de ma merveilleuse personnalité, il faut que ma première impression soit impeccable.

— Comme ton absence de synchronisation ?

— Notamment.

Il chassa une nouvelle mèche de cheveux, avant de caresser ma joue de son pouce. Il plongea ses yeux dans les miens et, pendant un court instant, mon cœur s'emballa. Le souffle court, je me figeai, mes mains sur ses hanches.

— Tu es une fille géniale, Margaux. Tu n'as pas besoin de lui prouver quoi que ce soit.

Mes jambes tremblèrent. Autant de trouille que d'incompréhension. Je ne comprenais pas ce qu'il se passait. Je négociai quelques pas de danse et, l'instant suivant, je partageai un moment hors du temps avec Logan. Je n'aurais eu qu'à me hisser sur la pointe des pieds pour l'embrasser.

L'embrasser. D'où venait cette idée ? Non pas que cela ne m'avait jamais effleurée, quand j'étais plus jeune et trop curieuse, mais nous étions amis désormais, et notre amitié était comme un mur étanche aux fantasmes.

— Qu'est-ce que tu veux ? demanda Logan d'une voix rauque.

Je ne parvenais pas à décrocher de ses yeux bleu azur. C'était comme plonger dans un lac et perdre pied dans l'instant. Je ne savais pas vraiment ce que je voulais. Peut-être arrêter de rougir comme j'étais en train de le faire ? Ou remonter mes mains sur le haut de son torse pour deviner les battements de son cœur ? Ou encore renifler sa peau, comme une droguée en manque ?

— Comme musique, Mar', qu'est-ce que tu veux ?

Logan s'écarta de moi et, en une seconde, le mur étanche de notre amitié s'érigea à nouveau instantanément entre lui et moi. Je repris mes esprits et retrouvai mes jambes solides et stables.

— Euh, je ne sais pas trop, chevrotai-je.

— Une valse ? C'est bien, non ? Lison fera sûrement un truc très traditionnel.

Je frottai mes mains nerveusement contre mon jean, observant Logan connecter son enceinte à son téléphone. Ensuite, il repoussa la table basse de son salon et décala les deux fauteuils. Les premières notes de la valse que Logan avait choisie résonnèrent dans la pièce.

Maintenant qu'il était convaincu et qu'il avait fait de la place pour m'aider, je trouvai tout cela grotesque.

— Écoute, ce n'était peut-être pas une bonne idée, finalement.

— Tu as mis dix minutes à me convaincre pour renoncer ? Margaux, tu vas apprendre à danser. Du moins, tu vas essayer.

— Mais tu sais danser la valse ?

— J'ai appris à quinze ans. Mariage de ma tante, et ma mère y tenait.

— Ça fait plus de dix ans.

Il s'approcha de moi, décidé à ne plus me laisser le choix. Incertaine, j'hésitai une courte seconde en voyant sa main tendue. L'idée était ridicule. Et en plus, ce fichu mur de l'amitié, devant un Logan torse nu et prêt à danser avec moi, n'était plus si étanche que ça aux fantasmes.

— Tu veux pas mettre un T-shirt avant ? lui demandai-je.

— Ça ira, fit-il. Allez, Margaux, on y va, m'encouragea-t-il. Pense à Adam et à la manière dont tu vas l'éblouir. C'est quand ce cours ?

— Vendredi, murmurai-je.

Le regard de Logan perdit de son éclat. Il se força à sourire. Je savais qu'il pensait à l'entraînement. J'avais déjà loupé celui de la semaine dernière.

— Je viendrai au match, promis-je.

— On joue à l'extérieur.

— Je viendrai quand même.

Pour couper la conversation, je pris sa main et m'approchai de lui. Il entoura ma taille de son bras libre pendant que je plaçai maladroitement ma main sur son épaule. D'un geste sec, il m'attira étroitement contre lui, si près que je pouvais deviner les battements de son cœur.

— Je mène, souffla-t-il.

— Le contraire m'aurait surpris.

Nous échangeâmes un sourire, et la tension dans l'air

se dissipa. Nous cramponnâmes nos mains l'une à l'autre, et Logan commença à décompter à l'envers.

— 2, 1, on y va.

Il avança d'un pas décidé, me faisant trébucher. Sa main se resserra plus contre la mienne et, d'un geste de la tête, il m'indiqua que nous allions glisser sur la droite. Mon pas fut plus assuré, mais je réagis avec un temps de retard.

— Recule, m'indiqua Logan. Et à droite.

Après quelques tentatives, je parvins à suivre le rythme. Plus détendue, je me risquai à sourire, soulagée de constater que je pouvais esquisser un pas de danse. La musique s'acheva, et Logan s'immobilisa.

— Ce n'était pas si compliqué, me réjouis-je.

— Ce sont les pas de base. Maintenant, il faut intégrer la rotation.

— La rotation ?

— Une valse, ça tourne, Mar' ! Donc, tu gardes le même schéma et quand on va sur la droite, tu chaloupes légèrement.

Une nouvelle valse sortit de l'enceinte et, sans attendre, je retrouvai la main solide de Logan autour de la mienne. Son autre main trouva le bas de mon dos, et nous repartîmes dans notre petite chorégraphie, un pas en arrière, un sur le côté et…

— Je suis désolée, m'excusai-je, après avoir piétiné les pieds de Logan.

— C'est ma faute, j'aurais dû te préciser qu'il fallait que tu sois consentante pour chalouper. On reprend.

Logan était un être patient. Il prit ma main, m'attira au centre de la pièce et relança le début du morceau de valse.

— Prête ? fit-il.

— À ton avis ?

Nous échangeâmes un nouveau sourire. Cette histoire de valse était maintenant à rajouter à la liste de nos souvenirs communs et à la liste de toutes les fois où Logan m'avait sauvé la mise. Il resserra mon corps contre le sien, et une petite bouffée de chaleur me saisit.

— Imagine que je suis Adam, murmura Logan.

C'était mission impossible. Adam n'était sûrement pas aussi musclé ni aussi grand. Sa voix n'était pas aussi grave que celle de Logan, il n'avait pas non plus cette petite cicatrice sur le menton. Adam et Logan étaient sur une même ligne – beaux, déterminés, ambitieux, serviables –, mais sur des extrémités opposées. Logan était énergique, pragmatique, obtenant ce qu'il voulait avec sa seule détermination, quand Adam était plus mesuré et stratégique. Logan prenait les coups, Adam les esquivait.

— Allons-y, murmurai-je, de plus en plus mal à l'aise.

— Fais comme si c'était vrai, répondit Logan. Comme si tu étais à ce fameux cours avec Adam et que tu devais l'éblouir.

— L'éblouir ? Mon seul objectif est de ne pas me rendre ridicule, dis-je en souriant.

— Éblouis-le, Margaux. Tu le fais très bien et plus facilement que tu l'imagines.

— Vraiment ? Et c'était quand la dernière fois où je t'ai ébloui ?

— Quand tu m'as frappé. J'étais ébloui dans tous les sens du terme !

Je pinçai son épaule en signe de représailles. Il rit contre moi et pressa son corps contre le mien, entamant le premier pas de valse.

— Tu m'éblouis tout le temps, Margaux.

C'était un murmure, mais je n'entendais plus que la voix

de Logan. La musique me parvenait en sourdine, mes pieds bougeaient sans même que je le réalise, mon corps – pour la première fois depuis des années – bougeait en harmonie.

— Depuis le jour où on s'est rencontrés dans ton salon jusqu'à ce que tu déboules ici pour apprendre la valse, continua Logan.

Et à ce moment précis, guidée par Logan, je parvins à tourner et à faire mon premier véritable pas de valse. Je laissai échapper un rire, et Logan poursuivit, ses mains dirigeant mon corps avec de légères pressions. Nous valsions dans son salon comme si c'était naturel, même si la moquette n'était pas le meilleur revêtement pour danser.

— Tiens mieux ton bras, Margaux.

— Je ne vais pas me lancer dans les concours, lui rappelai-je en vérifiant mon bras tendu dans les airs.

— Et accroche mon regard. Je te rappelle que tu es censée séduire Adam, si tu passes ton temps à regarder autour de toi, il va finir par se demander s'il ne doit pas changer de parfum ou de dentifrice.

— Je regarderai autour de moi, je ne tiens pas à tuer quelqu'un pendant que je valse.

— Tu ne tueras personne. Regarde-moi.

Pendant les trente secondes qui suivirent, je fis l'impossible pour soutenir le regard de Logan. J'allais sûrement finir avec un torticolis, avec nos vingt bons centimètres de différence, mais je me concentrai sur les nuances de bleu dans ses yeux.

Les dernières notes de musique s'échappèrent de l'enceinte. Logan s'arrêta, et nous nous retrouvâmes debout, nous faisant face.

— Ça ira ? s'inquiéta-t-il.

— Euh, oui. Merci.

— Je te préviens, je n'y connais rien en tango ou en rock acrobatique.

— Je t'aurais demandé des explications détaillées si c'était le cas.

Un silence s'installa, et Logan retourna à la cuisine. Je respirai à nouveau normalement. Quelque chose ne tournait pas rond. Je n'avais jamais été mal à l'aise avec Logan. Quand ce dernier réapparut avec un sweat à capuche sur le dos, je respirai déjà mieux. Je ne l'avais jamais considéré comme une distraction.

Sauf depuis ce soir.

J'étais en train de me transformer en groupie et, pour en avoir vu des dizaines depuis le haut des gradins, cette perspective m'effrayait.

— Tu veux qu'on aille manger quelque chose ? demanda-t-il.

— Non, je vais rentrer.

Je pris soin de fuir le regard de Logan. Je ne comprenais pas ce qu'il m'arrivait et j'avais la sensation que mes émotions me rendaient un peu trop fébrile. Je risquai de faire une bêtise, le genre de bêtise qui ruine le mur de l'amitié.

— Tu es certaine que ça va ? Tu as l'air... bizarre !

— Juste... fatiguée, mentis-je. Et puis, j'ai une réunion tôt demain matin, alors je devrais vraiment rentrer.

Je me précipitai vers mes chaussures, récupérai ma veste et j'étais prête à prendre la fuite en moins de deux minutes.

— Margaux ? m'interpella Logan alors que je m'apprêtai à ouvrir la porte.

— Oui ?

— Vous allez apprendre à danser, ce n'est pas un rencard.

— Ah oui ? Depuis quand tu t'y connais en usages sociologiques actuels ?

Il fourra les mains dans les poches de son jean et

s'approcha de moi. Même d'ici, parce que je connaissais Logan parfaitement, je sentais sa nervosité. Les épaules tendues, la démarche hésitante et les yeux rivés au sol, Logan était près de moi.

— Enfin, ce que je veux dire, c'est que ce n'est vraiment pas un rencard. Tu n'as rien à lui promettre ou à lui proposer.

— C'est plutôt l'inverse qui se produit : ils me promettent des choses, et je finis seule le samedi soir à manger une glace.

— Tu sais ce que je veux dire. Et puis la plupart des mecs que tu as rencontrés étaient de parfaits crétins.

— Je sais. Mais je suis une grande fille, Logan. Je sais ce que je fais. Et Adam n'est pas comme eux.

— C'est bien ce qui m'inquiète, répondit-il dans un murmure.

Il leva la main dans ma direction, comme pour effleurer ma joue. Une vague de panique s'empara de moi : il était temps de prendre la fuite et d'échapper à mes sentiments contradictoires.

— On se voit dimanche ? fis-je, en plaquant un sourire sur mes lèvres.

Sans lui laisser le temps de répondre, je sortis de chez lui et, au lieu de prendre l'ascenseur, j'optai pour les escaliers. Les joues rouges et à bout de souffle, je retrouvai le bruit de la rue et le froid hivernal. Je traversai la rue, cherchant à m'éloigner de l'appartement de Logan à tout prix.

— Je sais ce que je fais, marmonnai-je.

Rien que pour cette phrase, je méritai un prix d'interprétation. Je mentais. Je mentais à Logan, et c'était une première.

Chapitre 7

— Rocket, t'es avec nous ?

La voix de mon coach me fit sursauter. Je relevai la tête, détachant mes yeux du point que je fixai au sol. Remontant ma visière, je me contentai d'acquiescer. Je n'arrivais pas à me concentrer sur l'entraînement, encore distrait par le dernier message de Margaux.

Dispo demain ? Un tas de trucs à te raconter, je progresse avec Adam !

C'était aussi clair que nébuleux. Je ne pensais pas revoir Margaux avant le match de dimanche. Cela me convenait. Cette petite distance m'évitait de trop gamberger. Depuis notre séance d'apprentissage de valse, l'image de Margaux, de ses joues rosies et de ses yeux pétillants, revenait bien trop souvent.

Et surtout, elle revenait dans des pensées assez inédites et pas franchement catholiques. Le pire, ce n'était pas de penser à elle ou de revivre notre dernière valse où je la tenais contre moi. Non, le pire, c'est que quand je pensais à Margaux, j'imaginais le fameux Adam auprès d'elle.

Je n'avais aucune idée de ce à quoi il ressemblait. Alors mon imagination envahissante comblait les blancs. Au début, il était alternativement brun, blond, musclé, élancé, sportif – c'était un comble ! –, avec une barbe de trois jours parfaite, imberbe, moustachu, aux yeux sombres ou finalement vairons... Cela tournait en boucle et m'obsédait. Je finissais par lui trouver les pires défauts, ceux qui suffiraient à éloigner Margaux de lui. Dans ce cas, il arborait un strabisme prononcé, des oreilles décollées, un corps difforme – couverts de verrues ou de poils dans le dos –, des jambes arquées, des orteils qui se chevauchaient.

Une calvitie irrémédiable.

Une haleine digne d'un animal sauvage.

Une dentition douteuse, camouflée par un dentier haut de gamme.

Adam se transformait alors invariablement en musée des horreurs à lui tout seul.

— Rocket ?

À nouveau, la voix de mon entraîneur me sortit de mon imagination envahissante. Je hochai la tête et accrochai le regard de mon coach pour éviter de sombrer dans mes divagations.

— Donc, Rocket, plus en avant. Où est ta vitesse légendaire ? demanda ce dernier.

— Juste un peu de fatigue.

— Et, même si ça ne vous plaît pas, on n'oublie pas les combinaisons. Un peu de stratégie ne nous fera pas de mal pour dimanche.

Un sens de l'humour douteux, une intelligence déficiente, un ego surdimensionné.

— Nathan, tu travailles ta défense. Rocket, je te charge de l'aider. S'il arrive à garder le palet une à deux fois en face de toi, on pourra s'en féliciter.

Je n'avais aucune idée de ce que le coach racontait mais, pour donner le change, je fis un mouvement affirmatif de la tête. Ensuite j'accrochai le tableau blanc derrière l'entraîneur, tentant d'imprimer les enchaînements et de retenir la dynamique et la stratégie de l'équipe que nous devions affronter dimanche.

— Ils sont donc très organisés, notamment en défense. Le pack tient très bien, et c'est une des équipes qui a encaissé le moins de buts dans la saison.

C'était plus fort que moi. À nouveau, mon esprit divaguait.

Mythomane. Radin. Égoïste. Râlcur. Adorateur de Satan. Désordonné. Colérique.

Le Adam que j'imaginais collectionnait les défauts, comme je collectionnais les protège-dents. Il n'y avait pourtant aucune chance que cet Adam-là soit celui sur lequel Margaux fantasmait. Parce que, même si elle avait un goût discutable pour les hommes – et j'en étais bien une preuve –, elle ne se serait jamais amourachée d'un sale type.

Margaux avait déjà eu l'occasion de pavaner avec d'autres garçons. Cela ne durait jamais. Mais, cette fois, c'était différent. J'avais passé une grande partie de ma vie à protéger Margaux, à lui parler, à être présent ; je comprenais désormais que ce rôle n'était pas permanent. Je le savais depuis longtemps, mais j'avais fait l'autruche, me servant de cette mission pour éviter de prendre certaines décisions.

Maintenant que nous étions à quelques encablures de la fin du championnat, la présence d'Adam rebattait les cartes de ma propre vie et de mes choix.

Menant une double vie. Parrain de la mafia. Braconnier de la savane.

— Rocket ? Putain, Rocket, mais c'est quoi ton problème aujourd'hui ? hurla mon coach.

— Margaux est encore absente, répondit Alex. Elle a un mec ?

— Lâche-moi, Alex, grognai-je.

— Oh ! donc, elle a un mec !

Mes coéquipiers éclatèrent d'un rire gras. Piqué au vif, je me redressai et ruai dans les brancards, attrapant Alex par le col pour le coller au mur.

— Ne parle pas de Margaux, sifflai-je, dents serrées.

— Sinon quoi ? répondit-il.

Je le soulevai un peu, sentant ses pieds décoller du sol. Le visage d'Alex changea, passant de l'arrogance affichée à une petite angoisse perceptible. Je risquai un sourire victorieux. J'aimais l'idée de lui coller un peu la trouille, histoire de lui rappeler la hiérarchie dans l'équipe.

— Rocket, pose-le, vociféra notre coach.

Nous n'étions pas sur la glace, ni même en train de nous chambrer dans les vestiaires. Nous étions au beau milieu d'un brief de notre coach, et j'avais envie d'arracher les yeux d'Alex.

Et à vrai dire, je ne savais pas vraiment pourquoi. Parce qu'il parlait de Margaux ? Il l'avait fait des centaines de fois. Parce qu'il mettait en doute ma relation avec elle ? Il l'avait fait, ça aussi, des centaines de fois. Parce qu'il laissait entendre qu'elle avait un mec ?

Ouais, probablement. Qu'elle fasse sans moi me mettait en colère. Qu'elle renie nos vieilles habitudes pour un Adam, forcément moins bien que moi, me contrariait. Qu'elle me fasse des messages aussi expéditifs après des années d'amitié me heurtait.

— Elle a un mec, et tu es juste jaloux, parvint à articuler Alex avec le souffle d'air qui lui restait.

— Lâche-le, bon sang, ou je t'exclus du prochain match, hurla le coach.

J'obtempérai et libérai Alex aussitôt. J'étais en train de

dérailler les pédales pour un mec qui n'existait que dans mon imagination. À ce rythme, j'allais perdre Margaux et mon boulot en moins de deux.

Je sortis de la salle de briefing l'instant suivant, ignorant mon coach qui me demandait de revenir. D'un pas vif, je filai jusqu'aux vestiaires, récupérai mon manteau et mon sac en m'assurant que les clés de ma voiture étaient à portée de mains.

Ce n'est qu'installé derrière le volant que je réalisais ce que je venais de faire.

Pire, je prenais conscience de ce qui m'avait poussé à quitter les lieux. Alex avait raison : j'étais jaloux. Jaloux d'un mec que je ne connaissais pas et que j'allais, à coup sûr, détester. C'était nouveau et désagréable, de me sentir aussi en colère et, à la fois, aussi impuissant.

Je sortis mon téléphone et vérifiai si j'avais d'autres messages de Margaux.

Aucun.

En désespoir de cause, je composai le numéro de mon agent. Il était temps d'agir et de prendre des décisions.

— Tu es libre pour un verre ? demandai-je en oubliant la politesse réglementaire.

— Tu réalises qu'il est presque 22 heures ? aboya-t-il.

— Fais comme tu veux.

❄

— Tu es le seul à avoir une voiture et, honnêtement, on pourrait même dormir dedans tellement elle est grande, s'exclama Margaux.

— C'est un pick-up, Margaux.

Je tripotai le GPS, tentant de ne pas me perdre dans les rues sans âme de la zone commerciale. Ce matin encore, j'avais prévu d'aller à la salle de sport pour évacuer un résidu d'agitation et tenter de refouler l'image de Margaux avec Adam.

Tueur en série à tendance cannibale. Repris de justice, faussement repenti. Manipulateur et escroc, bientôt vedette d'un documentaire angoissant sur une plate-forme quelconque.

Rien à faire, cet Adam me plongeait de plus en plus dans la folie furieuse.

Évidemment, Margaux avait appelé avant midi, me suppliant de venir l'aider pour la décoration de la salle de mariage de sa sœur. J'avais objecté sans conviction devant mes céréales désormais trop molles de leur bain prolongé dans le lait froid. Et je me retrouvai maintenant avec une Margaux survoltée, trépignant sur le siège passager, changeant de station de radio à chaque croisement et s'extasiant sur les vitrines des magasins devant lesquelles nous passions.

— Ça va être magnifique, Logan ! s'écria-t-elle.

— Probablement. On se gare ici ? demandai-je en repérant finalement la boutique de décoration.

— Super.

J'avais à peine coupé le moteur qu'elle sautait déjà du véhicule, vissant son bonnet solidement sur sa tête. Le froid me piqua le visage, et je relevai le col de mon manteau pour me protéger. Margaux enroula son bras droit autour du mien et nous entraîna vers l'entrée du magasin.

— Mais tu es certaine que tu peux faire tout ça… de mémoire ? lui demandai-je.

— Lison va se marier dans la grange rénovée du château

Bossuet, Logan, s'exclama-t-elle alors que nous venions de franchir le seuil du magasin.

Elle retira son bonnet, chassant les quelques flocons de neige égarés sur ses mèches. Ses yeux pétillaient de joie, et il me semblait que le sourire qu'elle avait aux lèvres ne l'avait pas quitté depuis que nous étions partis de chez moi.

— Je connais cet endroit par cœur, Logan.

— Mar', tu n'y as pas mis les pieds depuis au moins huit ans. Et à l'époque, Lison et toi aviez grimpé par-dessus le muret pour regarder au travers de la baie vitrée.

— Tu ne peux pas comprendre, Logan. Lison a toujours voulu se marier là-bas, alors oui, on connaît les lieux. On a suivi les travaux de rénovation, l'arrivée des meubles. Et ce mélange entre le bois et les matériaux industriels…

La voix de Margaux fut étouffée par la musique d'ambiance du magasin. Sans surprise, des chants de Noël saturaient les enceintes, me donnant envie de me tirer au plus vite. Margaux adorait Noël : c'était là notre seul point de divergence. Noël me collait la nausée, et cette overdose de joie me fichait presque la trouille.

L'allée centrale du magasin n'était que guirlandes lumineuses et babioles décoratives. La luminosité était telle que j'en étais presque ébloui. Je poussai un lourd soupir : j'avais voulu rendre service, je prenais maintenant conscience que c'était un guet-apens.

— Donc, on achète ici et… on transporte là-bas ? m'inquiétai-je.

— Exactement. Tu as la voiture idéale pour ça. Et puis, on peut stocker dans ton garage en attendant d'aller sur place.

— Tu penses à tout, ironisai-je. On commence par où ?

— Oh ! de l'enthousiasme ? se réjouit-elle.

— De l'impatience, Mar'. J'ai un match demain et j'espérais passer une journée tranquille.

À nouveau, elle accrocha mon bras, et cette proximité atténua mon agacement. Dès qu'il s'agissait de décoration de Noël, Margaux était intarissable, et son excitation était sans limites. Elle voyait tout avec des yeux d'enfant, et ça la rendait adorable.

Adorable et intenable.

Margaux avait une idée arrêtée pour tout : des guirlandes lumineuses devaient cascader le long de la baie vitrée principale de la grange, les poutres apparentes devaient être cerclées de branches de sapin, agrémentées de billes de nacre. Les centres de tables étaient une reproduction de sapins, ornés de minuscules boules rouges et dorées.

Et évidemment, sur les tables, une pluie de paillettes et de sujets en bois. C'était étourdissant.

— Mais tu comptes ligoter des gens avec toutes ces guirlandes lumineuses ? me moquai-je en la voyant vider le rayon pour remplir l'immense caddie près de nous.

— Ils ont des arbres qui longent l'allée d'accès à la grange. Lison pourra faire des photos avec Pierre, ça sera féerique.

— Certainement, soupirai-je.

— Oh ! et il nous faut des sapins. On pourra en mettre dans la grange.

Pendant les deux heures qui suivirent, j'accompagnai Margaux docilement, l'écoutant parler de décorations lumineuses, de scintillements, de tendances « scandinaves », de glycines cascadantes et de tapis et autres couvertures imitation fourrure pour « réchauffer le sol ».

— Tu n'as jamais songé à monter ta propre agence de décoration ? lui demandai-je alors que nous parvenions enfin à la fin de notre périple shopping.

— J'adorerais. Mais j'ai besoin de fonds. Et d'un book complet. Je n'ai fait que des événements pour la boîte, et c'est toujours très cadré, répondit-elle en levant les yeux au ciel. La plupart de mes propositions ne sont pas retenues dans les projets finaux.

Elle le camouflait bien, mais je décelai tout de même une pointe de tristesse dans sa voix. Margaux avait une joie de vivre débordante et un optimisme à toute épreuve. C'était ce que j'appréciais le plus chez elle : sa capacité à trouver du positif dans tout et à s'embarquer dans un projet corps et âme. Le mariage de sa sœur en était un parfait exemple.

J'entourai ses épaules de mon bras et l'attirai contre moi pour chasser le nuage sombre qui flottait au-dessus d'elle. Son téléphone sonna, et son regard se remit à pétiller. Le prénom d'Adam s'afficha sur l'écran, faisant démarrer au quart du tour mon imagination.

Gourou d'une secte religieuse. Adepte de MMA. Collectionneur d'armes médiévales et fin connaisseur en méthodes de torture.

— La semaine prochaine, oui, avec plaisir, chantonna Margaux.

Cela me fit le même effet que des ongles ripés sur un tableau noir, un mélange de frisson désagréable et de chair de poule incontrôlé. Je m'éloignai, refusant d'en entendre plus. La voir si heureuse, alors qu'elle ne faisait que lui parler au téléphone, était douloureux. La jalousie me piquait et déferlait dans mes veines comme de la lave en fusion. Aurais-je pu mettre mon poing dans le sapin devant moi, histoire de me soulager, que je l'aurais fait.

— Logan ?

La voix de Margaux me tira de mon accès de violence.

Je plaquai mon sourire le plus neutre sur les lèvres et pivotai vers elle.

— Adam vient de m'inviter à dîner ! s'exclama-t-elle, comme si elle avait gagné au loto.

— Super ! Donc ce cours de danse s'est vraiment bien passé ?

— J'ai été catastrophique, avoua-t-elle. Lison et Pierre étaient en parfaite harmonie, mais Adam et moi avons passé plus de temps à nous écraser les pieds et à éviter les murs qu'à danser réellement. Heureusement, il a de l'humour, ça a sauvé la soirée !

Je ne parvins pas à retenir un sourire victorieux. Il ne dansait pas. Du moins, il ne dansait pas avec Margaux, comme je pouvais danser avec elle. Cette petite satisfaction apaisa mon irritation.

Mauvais danseur. Et ça, ce n'était pas le produit de mon imagination.

— C'est sûrement une question de temps, reprit Margaux. On reprendra un cours, et ça ira mieux.

— Probablement, marmonnai-je.

— Mais je crois que je vais encore avoir besoin de tes services, lâcha-t-elle tout en s'intéressant à des chandeliers.

— Pour danser ? Je pensais que…

— Pour la suite.

— La suite ?

Margaux s'approcha de moi. Elle ne semblait plus fascinée par le magasin, la décoration du mariage de sa sœur ou les fêtes de Noël. Elle planta son regard azur dans le mien, faisant disparaître du même coup la foule des clients, la musique d'ambiance et mon projet impérieux de sortir de ce centre commercial indemne.

— Tu es expérimenté, Logan. Tu sais ce que les hommes

attendent des filles, et moi… Disons que je collectionne les premiers rendez-vous foireux.

— C'est faux. Tu as survécu au cours de danse.

— Tu sais comme moi que ce n'était pas un rencard, Logan. Juste… une coïncidence d'agenda.

— Je ne vois pas comment je pourrais t'aider, c'est entre Adam et toi.

Dire son prénom me brûlait les lèvres. Les imaginer ensemble me donnait envie de hurler. Je détestais ce mec. Son prénom, le fait qu'il appelle Margaux, qu'il l'invite à danser, à dîner… Et surtout, qu'il finirait par l'inviter dans son lit pour qu'elle crie son prénom.

Dans son lit. Sur le tapis de son salon. Contre une porte. Au beau milieu de la cuisine. Sous la douche.

Énervé, je saisis le caddie et le poussai vivement jusqu'à la caisse. Pour le moment, mon imagination s'orientait surtout sur Adam et ses multiples défauts possibles. Désormais, mes idées se portaient sur Adam et Margaux. Et sur toutes les choses qu'ils feraient ensemble.

— Logan, s'il te plaît !

Margaux courait presque derrière moi, cherchant à me rattraper. Pendant une seconde, j'envisageai de la planter dans ce magasin, avec son caddie trop rempli et ses idées farfelues.

— Logan !

Elle parvint à saisir mon pull et à le tirer en arrière. Je réussis tout de même à m'insérer dans une des caisses libres et commençai à déposer les articles sur le tapis.

— Je suis nulle en relations amoureuses, Logan. Il va m'inviter à dîner, et je ne saurais pas quoi dire, geignit-elle.

— Arrête de te sous-estimer, Margaux.

— On pourrait répéter, proposa-t-elle.

— Répéter ? Tu veux qu'on répète un dîner ? m'exclamai-je.

Méthodiquement, je continuai de vider le caddie, ignorant les regards interloqués de l'hôtesse de caisse qui devait se régaler de notre conversation. J'espérai que Margaux oublie son idée au plus vite et qu'elle revienne sur ses projets plus terre à terre, comme le mariage de sa sœur. Je refusais de répéter un pseudo-dîner, je refusais de jouer le rôle d'Adam. C'était au-dessus de mes forces.

— Histoire que je m'entraîne, répondit-elle, comme si c'était naturel. Tu me poseras des questions, et je jouerai la fille qui fait des confidences sur son enfance.

— C'est du délire, Margaux. Je ne ferai pas ça. Tu peux te débrouiller sans moi. Tu le fais bien d'habitude !

— Oui, et regarde à quoi ça m'a menée ! Adam est peut-être ma chance de ne pas finir seule pour le reste de ma vie !

Éberlué, je relevai les yeux vers elle. Il n'y avait aucune chance que Margaux finisse ses jours seule. Elle était belle, drôle, intelligente et d'une loyauté à toute épreuve. N'importe quel type avec un peu de bon sens aurait fait de son mieux pour la séduire. Je secouai la tête et répétai avec force :

— Hors de question, Margaux.

— Tu me dois bien ça, Logan !

On devait avoir l'air d'un cliché : un jeune couple en pleine dispute dans un magasin. Je repris ma tâche, devinant les regards lourds de reproches de l'hôtesse. J'étais en train de passer pour le méchant de service, alors que je faisais tout pour maintenir notre relation.

— Je te le dois ? Pourquoi ça ? demandai-je.

— Le nombre de soirées où je t'ai accompagné, où j'ai joué la parfaite compagne, où j'ai retenu les prénoms de tous tes coéquipiers et où je n'ai balancé aucun vieux dossier de notre adolescence.

— Tu me fais du chantage ?

— J'ai besoin d'aide, Logan. Tu as les codes, tu sais faire, et moi… je me débats là-dedans.

Elle ficha son regard dans le mien. Ce regard. Celui qui aurait pu faire plier le plus sanguinaire des dictateurs. Margaux n'avait définitivement pas besoin de moi pour parvenir à ses fins, elle avait juste besoin de prendre conscience que son pouvoir de séduction était opérationnel et dévastateur.

— J'ai une soirée au club, mercredi, dis-je finalement.

Le sourire de Margaux s'élargit. Elle avait tout de suite compris.

— Je viens si tu m'aides. On a qu'à répéter ça, mardi.

Je haussai les épaules. À ce stade, je ne pouvais plus rien faire. Margaux savait négocier, et j'étais usé de lutter. L'hôtesse de caisse était sur le point de demander ma tête au bout d'une pique en sapin, et dîner avec Margaux ne devait pas être si terrible.

Je l'avais fait des millions de fois. Elle commandait nos menus habituels, elle retirait ses chaussures et nous mangions devant la télévision en disant du mal des films que nous regardions.

— D'accord pour le dîner, dis-je dans un soupir las.

Margaux cria de joie, avant d'entourer ma taille de ses bras. Devant moi, la caissière cessa de froncer les sourcils, m'offrant un petit sursis. Je serrai Margaux contre moi furtivement, n'oubliant pas que je voulais quitter les lieux au plus vite.

— Restaurant italien, lâcha Margaux.

— Restaurant ?

— Il faut le faire en situation. Histoire d'être parfaitement au point.

— Génial, marmonnai-je.

J'aurais aimé ronchonner plus, mais Margaux semblait tellement contente que je ne voulais pas ruiner son enthousiasme. Je ne connaissais pas cet Adam, mais si elle y tenait, c'est qu'il ne devait pas être si désagréable. Il fallait juste que je mette en veille mon imagination florissante.

— Tu as fini ? demandai-je alors que l'hôtesse scannait nos articles. Plus de décorations à acheter ?

— Ça devrait aller, répliqua-t-elle avec un sourire. Oh ! non, tu sais ce qu'on a oublié ?

— Un camion-benne pour transporter tout ça ?

— Du gui, Logan !

Je levai les yeux au ciel, désespéré à l'idée d'entrer à nouveau dans cet enfer de magasin. J'avais assez donné et sacrifié pour les cinq Noëls à venir et autant de mariages.

— Je ne retourne pas là-dedans, Mar' ! la prévins-je, déterminé à lui tenir tête.

— Inutile d'y retourner, fit l'hôtesse de caisse. C'est juste au-dessus de vous.

Dans une synchronisation parfaite, Margaux et moi levâmes les yeux vers les bouquets de gui, installés juste au-dessus du tapis de caisse. D'un point de vue marketing, c'était judicieux, aux confins du génie.

— Il sera fané avant la fin de la semaine, dis-je.

— Je sais. Mais je vais en prendre, répondit Margaux. Pour Adam. Ça aidera peut-être le destin si je l'accroche au-dessus de ma porte.

Elle s'exécuta dans l'instant, et son sourire illuminait tout son visage, tandis que mon esprit créatif reprenait le dessus.

Escroqueur de vieilles dames. Porteur de mocassins à

gland. Allergique au gui, option urticaire gravissime et démangeaisons brutales.

Je souris de fierté en imaginant ce type rouge vif et purulent. C'était presque aussi réjouissant que de récupérer un protège-dents.

— Oh ! tu sais, au sujet d'Adam, j'ai oublié de te dire, fit Margaux, me tirant de ma satisfaction. Il a déjà pratiqué le hockey.

Revendeur de substance illicite. Collectionneur de postiches. Dompteur de mouches. Hockeyeur.

Bordel.

— Il voudrait te rencontrer, on pourrait l'inviter à un match. Qu'est -ce que tu en penses ?

Bordel de bordel.

Chapitre 8

— Tu es attendue ?

La voix de ma collègue, Prisca, me fit lever les yeux de mon écran. Elle porta son mug de thé à ses lèvres, attendant ma réponse.

— Tu as regardé l'heure sur ton téléphone au moins cinq fois depuis le retour de la pause déjeuner.

Par automatisme, je vérifiai à nouveau l'heure. À peine 16 heures. Cette journée semblait s'étirer pour mieux me torturer. Depuis mon réveil, je me sentais terriblement nerveuse. Et pas nerveuse dans le bon sens du terme. J'avais le trac et je résistai à l'envie dévorante d'appeler Logan pour annuler notre soirée.

Toute cette histoire – le dîner, me servir de Logan comme cobaye pour ma potentielle vie amoureuse – était une mauvaise idée. Je ne pouvais m'en prendre qu'à moi : alors que Logan avait tout de suite opposé un refus, j'avais insisté. Il y a encore quelques jours, j'étais certaine que Logan pouvait m'aider : il excellait dans ses relations avec les femmes. Même si elles étaient toujours éphémères, j'imaginais qu'il saurait me dire ce qui plaisait ou non aux hommes.

Maintenant, je trouvais l'idée ridicule. Je ne voulais

pas devenir quelqu'un d'autre pour plaire à Adam. Je ne voulais pas rire ou sourire sur commande, je ne voulais pas entortiller une mèche de cheveux autour de mon index pour paraître ingénue, je ne voulais pas ravaler mes opinions pour plaire.

Je voulais être moi, celle qui ne savait pas danser, qui était obsédée par Noël et qui adorait traîner en pyjama devant la télévision le samedi soir, avec un masque au concombre sur le visage.

— J'ai un dîner, murmurai-je.

— Oh ! génial, s'exclama Prisca. Genre rencard ou tu dînes avec Logan ?

Je grimaçai, comme si on me demandait de résoudre une équation mathématique à deux inconnues. Ce n'était ni un rencard ni un dîner standard avec Logan. C'était… C'était une mise en scène horrible qui allait virer à la catastrophe.

— Juste un dîner. Logan m'aide à préparer le mariage de ma sœur.

Je m'enfonçai dans le mensonge. Ce n'était pas « juste » un dîner, et Logan ne m'aidait pas pour le mariage. En tout cas, pas de son plein gré. Face à moi, Prisca tendit le cou pour réduire l'espace entre nous.

— Oh ! donc tu n'as pas de questions épineuses à te poser.

J'avais des tonnes de questions épineuses : pourquoi je maintenais ce dîner ? Pourquoi me servais-je ainsi de Logan ? Pourquoi avais-je réussi à danser avec lui et pas avec Adam ? Pourquoi je me sentais aussi fébrile ? Pourquoi je rougissais en pensant au torse nu de Logan ? Pourquoi avais-je pris la fuite après notre séance de danse ?

— Pas de questions épineuses ? répétai-je.

— Oh ! eh bien, tu n'es pas en train de te demander si

tu dois sortir telle robe ou telle autre. Ou si tu dois laisser tes cheveux tomber ou les attacher.

— Oh…

— Ou si tu dois l'inviter chez toi pour un dernier verre et vérifier si, éventuellement, ta boîte de préservatifs n'est pas périmée.

Elle l'est sûrement, songeai-je, un peu amère.

Ma vie amoureuse était une longue traversée du désert. Ou plutôt une boucle dans le désert. Une traversée m'aurait au moins permis d'entrevoir une fin. Là, je ne voyais qu'une impasse. Sauf si Adam se montrait entreprenant et me tirait enfin de mon marasme.

— Toute cette phase de séduction est épuisante, soupira Prisca.

— C'est vrai, répondis-je en faisant mentalement l'inventaire de mon dressing et de mes robes.

La rouge rubis était un peu *too much* pour ce dîner. Mais la bleu nuit jouait trop avec la transparence pour être sage. Me restait la noire, impeccablement fendue le long de ma cuisse et qui, avec une paire d'escarpins vernis, me donnait la sensation que je pouvais conquérir le monde.

J'avais envisagé de porter un jean avec un vieux sweat-shirt, mais après avoir quasiment supplié Logan de m'aider, je ne me voyais pas jouer le jeu jusqu'au bout.

— Et puis, c'est toujours compliqué de savoir si on doit ou pas faire le premier pas, reprit Prisca.

Je hochai la tête, sans vraiment comprendre. Si, dans ma vie professionnelle, j'étais enthousiaste et prête à faire mille propositions, dans ma vie amoureuse, j'étais en retrait, comme si j'attendais un signe divin m'indiquant que j'étais sur la bonne voie.

— Personnellement, je n'attends plus, expliqua-t-elle.

— C'est-à-dire ?

— Je les embrasse. Dès le premier rendez-vous, et je me fiche de passer pour une fille entreprenante.

— Oh.

Je prenais maintenant conscience que Prisca était une source d'informations plutôt intéressante. Elle passait son temps à chercher l'amour, entre rendez-vous arrangés et rencontres fortuites.

— Non, parce que s'il faut attendre trois rendez-vous pour se rendre compte que le mec t'embrasse comme il gobe une huître, c'est une véritable perte de temps. Et je n'ai plus de temps à perdre, assura-t-elle.

Je retins un sourire. Prisca avait un don pour les formules imagées. Elle trouvait ainsi que la coiffure de notre chef était efficace – « Si jamais on a besoin de récurer un plat à gratin » –, et que mon amitié avec Logan confinait au paradoxe absolu – « Vous êtes ce qu'on veut, et, à la fois, ce qu'on ne veut pas ».

— Tu es la fille qui traverse le terrain et marque l'essai mais ne le transforme pas, m'avait-elle dit un jour, devant la machine à café.

— Je te demande pardon ?

— Tu chopes Logan, tu deviens proche de lui, mais jamais tu ne passes le cap du sexe !

— Nous sommes amis, avais-je simplement répondu.

Elle avait bu une gorgée de son café, puis m'avait longuement fixée. Mal à l'aise, j'avais fini par me plonger sur une des communications de l'entreprise, vantant les mérites de la bienveillance et de la solidarité entre collègues.

— Je ne sais pas si je dois t'admirer ou te botter le cul, Margaux, avait-elle finalement lâché, avant qu'on retourne à nos bureaux.

Pour Prisca, ma relation avec Logan était incompréhensible. J'avais toujours défendu notre amitié, mais aujourd'hui, à quelques heures de notre dîner-qui-n'était-pas-un-rencard-mais-un-exercice, je n'étais plus aussi certaine de ce que je ressentais.

— Tu m'expliques ? reprit Prisca. Pourquoi es-tu si... stressée pour un dîner avec Logan ?

— Je ne suis pas stressée. C'est juste que j'ai beaucoup de travail et que mon agenda est très rempli.

Prisca fit la moue, pas franchement convaincue, avant de boire une nouvelle gorgée de son thé. J'étais nerveuse. Très nerveuse. Nous avions dansé une valse, et, je ne sais comment, une faille avait fissuré notre relation parfaite. Une faille minuscule, mais dans laquelle s'engouffrait une infinité de possibles – de la rupture définitive à la nuit de sexe endiablée, en passant par le mariage et les deux enfants et demi – et qui me collait le vertige.

— Tu sais ce que tu devrais faire concernant Logan ? fit Prisca, les yeux maintenant rivés sur l'écran de son ordinateur.

Je plongeai le nez dans un dossier, cachant un rougissement malheureux. Prisca ne savait rien de ce que je ressentais, et pourtant, je craignais qu'elle ne découvre la vérité avant de hurler qu'« elle avait toujours eu raison ». Je n'avais pourtant jamais menti, mais après m'être moquée pendant des années des filles qui couraient après Logan, j'avais honte de réaliser que je n'étais pas si loin d'elles.

— Qu'est-ce que je devrais faire ? demandai-je prudemment.

— Lui donner mon numéro. Histoire que je lui offre la soirée de sa vie.

— Juste une soirée ? dis-je dans un rire.

— S'il veut plus, je ne suis pas contre. Mon agenda à moi est relativement vide !

— Oh ! et donc l'embrasser dès le premier soir ? ironisai-je.

— Pour Logan, je veux bien attendre. Je suis certaine que son expertise est irréprochable. Tu l'as vu faire, non ?

À ce stade, ce n'était plus une faille. C'était un début de crevasse profonde, et je ne savais pas comment la colmater. Évidemment que j'avais vu Logan faire, évidemment que je l'avais vu attirer ces filles contre lui pour les embrasser à leur en faire perdre le souffle, évidemment que je les avais enviées, un court instant. Pas pour Logan, mais pour avoir quelqu'un à embrasser.

Je demeurai silencieuse, tentant de me concentrer sur mes dossiers. Il fallait que je refoule les souvenirs qui remontaient à la surface. Malheureusement pour moi, Prisca avait une autre interprétation.

— Tu l'as déjà fait, c'est ça ? demanda ma collègue dans un murmure conspirateur.

— Fait quoi ?

— Embrasser Logan. Tu n'as pas répondu quand j'ai dit que tu l'avais vu faire, c'est parce que tu as fait plus que regarder !

J'étais tellement sidérée qu'un fou rire monumental me secoua. Prisca me dévisagea, avant de hausser les épaules. Embrasser Logan. Bon sang. Non. Jamais. Plutôt avaler un verre de bain de bouche et souffrir le martyre pendant des heures.

— Je n'embrasse pas Logan, finis-je par dire entre deux rires.

— Jamais ? s'étonna-t-elle.

— Jamais.

— Fais-le, Margaux. Fais-le, parce qu'un jour, il sera trop tard et qu'une autre fille le fera.

— Ça pourrait être toi, cette autre fille, répondis-je.

Elle secoua la tête et afficha un visage sérieux. Prisca était exubérante, joyeuse et d'une franchise sans limites. Au travail, elle était impliquée et ultra-sérieuse. Mais qu'elle affiche un visage si grave pour une conversation sans importance me surprit. Elle contourna nos bureaux et saisit une des chaises pour s'y asseoir. Maintenant, elle me faisait peur.

— Tu te souviens de la soirée de lancement de Noël dernier ? me demanda-t-elle.

Je hochai la tête. J'avais participé au projet de ce lancement pendant des semaines. Même si j'avais assisté à la soirée, je n'en avais pas vraiment profité, préoccupée par les détails de dernière minute et les ultimes exigences de notre client.

— Logan était là.

— Je l'avais invité, expliquai-je. On fait souvent ça.

— J'ai vu tout un tas de filles aller lui parler, lui proposer des verres, voire des trucs plus salaces…

— Quoi ? Qui a fait ça ? l'interrogeai-je, alarmée.

— Il a refusé à chaque fois, Margaux. J'ai vu ce mec ignorer tout un tas de filles, parce qu'il ne regardait que toi. Il était dans un coin de la pièce et il avait les yeux rivés sur toi, Margaux.

— Prisca, je t'assure que nous ne sommes qu'amis.

— Je n'en doute pas. Mais après toutes mes tentatives désastreuses pour trouver l'amour, crois-moi, je sais le déceler quand je le vois. Vous êtes amis et vous pouvez le rester…

— C'est bien notre intention, lui dis-je avec un rire.

— Mais tu risques de louper un truc... fantastique, Margaux.

Son téléphone sonna, et cela mit un terme à notre conversation surréaliste et inattendue. Prisca reprit son travail, comme si notre échange n'avait pas eu lieu, pendant que je peinais même à lire deux lignes de mes messages en attente.

Je profitai de l'absence de Prisca, accaparée par une réunion, pour quitter le bureau en catimini. Logan devait venir me chercher à l'appartement pour ensuite aller dans un restaurant. Ma conversation avec ma collègue tournait en boucle. Je n'avais que très peu de souvenirs de cette fameuse soirée de lancement. J'avais travaillé comme une forcenée, multipliant les propositions et les idées, pour que tout se passe comme prévu.

J'y avais à peine vu Logan, buvant un verre rapidement avec lui. Mais je me souvenais que ces quelques minutes avec lui m'avaient permis de reprendre mon souffle.

— Promets-moi que tu vas te reposer ce week-end, Mar', m'avait-il dit en constatant les traces de fatigue sur mon visage.

— On a un match, ce week-end !

— J'ai un match, avait-il corrigé. Tu peux tout à fait rester chez toi. Tu as l'air exténuée.

— Qui va te porter chance, si je ne viens pas ?

— Je n'ai pas besoin que tu viennes pour que tu me portes chance, Mar'.

Notre conversation avait été interrompue par mon manager, qui voulait que j'aille parler au responsable des achats d'un groupe de centres commerciaux. J'avais fini mon verre de jus de fruits d'un trait, prête à débiter l'intégralité de notre argumentaire commercial. Décrocher un contrat de cette ampleur et décorer plus d'une dizaine de centres commerciaux pour Noël, c'était l'assurance d'une évolution de carrière rapide.

Logan m'avait alors retenue par le poignet.

— Tu n'as pas à faire tout le travail, m'avait-il dit, mâchoires serrées.

— C'est mon travail, Logan.

En guise de réponse, il avait tué du regard ma hiérarchie, avant de s'adoucir et de libérer ma main. Lentement, il s'était penché vers moi, ses yeux inquiets rivés aux miens.

— Je vais rentrer, tu veux que je te raccompagne ? avait-il proposé.

— Je prendrai un taxi.

— Comme tu veux.

Avec délicatesse, il avait posé la main sur ma joue et avait déposé un baiser sur mon front. J'étais restée figée : Logan n'avait jamais été adepte des gestes affectueux ou tendres. Il avait déjà démontré son inquiétude et prouvé son amitié à de multiples reprises, mais ce baiser, ce soir-là, m'avait stupéfiée.

— Repose-toi, Mar', tu en as besoin.

— Promis. On se voit pour le match !

Nous n'avions plus jamais évoqué cette soirée. J'avais été au match de Logan – qu'il avait gagné, évidemment –, puis, je m'étais effondrée dans sa voiture, m'endormant le visage collé contre la vitre. À mon réveil, le lendemain, je m'étais retrouvée dans le lit de Logan, avec mon T-shirt et mes sous-vêtements, avec un verre de jus de fruits sur la table de chevet.

Parti courir. Repose-toi.

En guise de repos, j'étais restée deux jours chez Logan à dormir dans son lit, pendant qu'il avait squatté le canapé du salon. Nous nous étions fait livrer des sushis et des pizzas – Logan n'avait jamais rien de comestible dans son réfrigérateur – et nous avions regardé des films de Noël, pendant lesquels je critiquais la décoration, et Logan pestait sur les scénarios à l'emporte-pièce.

Devant mon armoire, tenant le cintre sur lequel était suspendue la fameuse robe noire, j'hésitai encore à assister à ce dîner. Logan m'avait aidée des dizaines et des dizaines de fois. Il avait toujours été là, protecteur, prévenant et… seul. Ça me sautait aux yeux, dorénavant. Je m'étais toujours moquée de Logan, de ses groupies et autres conquêtes d'une nuit. Mais elles ne restaient pas.

J'étais celle qui restait. Et je me demandais maintenant si je ne prenais pas toute la place, si ma présence aux entraînements, aux matchs, aux soirées n'empêchait pas Logan de vivre sa vie.

Tout le monde avait un avis sur notre amitié. La majorité de nos proches étaient dubitatifs, voire incrédules. Mais, pendant tout ce temps, nous nous étions moqués de ce que les autres pensaient de nous. Maintenant, je culpabilisais. J'étais là, présente, trop présente, demandant l'impossible à Logan, prétendant lui porter chance – comme pour mieux légitimer ma présence dans sa vie – et me comportant comme une gamine capricieuse.

Il fallait que j'annule ce dîner.

Il fallait qu'on prenne de la distance, il fallait qu'on cesse de s'appuyer l'un sur l'autre pour survivre à nos vies.

Logan avait une carrière et il méritait sûrement de jouer pour un plus grand club. De mon côté, je bataillai pour être prise au sérieux dans mon job, avec une sensation amère d'échecs successifs.

Je m'assis sur mon lit, fuyant le reflet que me renvoyait le miroir accroché au mur. Je détestais ce que je ressentais, ce mélange de culpabilité et de déni. À quel moment cette amitié si rassurante et si forte s'était-elle transformée en vase clos cadenassé ? Minée, je pris mon téléphone et composai le numéro de Logan, décidée à annuler.

— Mar' ? Justement, je suis devant ta porte, tu m'ouvres ? fit-il avant même que je puisse dire un mot.

— Justement, je t'appelai pour ça, on va devoir annuler.

Ma voix tremblait, et je peinais même à respirer. Je me redressai, restant dans ma chambre. Logan n'était pas censé savoir que j'étais chez moi, je pouvais mentir – encore une fois – et lui dire que j'étais au travail.

— Annuler ? Pourquoi ? s'inquiéta-t-il.

— Un dossier de dernière minute.

— Je refuse, Mar'.

— Tu refuses ? répétai-je.

— Ils te font travailler comme dix, sans jamais te récompenser. Et puis, tu voulais qu'on répète pour Adam. Ce dîner avec lui est bien plus important pour toi que trois guirlandes lumineuses ou une dizaine de sapins.

— Logan, je n'ai pas vraiment le choix…

— Bien sûr que si. En plus, j'ai réservé au Vérona.

Je me redressai d'un bond. Le Vérona. Le meilleur restaurant italien de la région, deux mois d'attente pour avoir une table, des *pasta* à la vongole légendaires et un tiramisu si délicieux que j'en avais repris quatre fois.

— Je sais que tu aimes le Vérona, Mar'. Je sais aussi que tu as juré que tu ne mangeras plus jamais de tiramisu ailleurs que chez eux.

— C'est totalement déloyal ! m'écriai-je.

— Je ne suis pas du genre à jouer franc-jeu, Margaux. Allez, ouvre, on y va !

— Logan, je t'assure que…

— Margaux, on va juste dîner. Enfin, essayer. Et tu voulais que je t'aide pour Adam.

— Tu ne voulais pas le faire, au départ !

Je tentai de me convaincre que Logan agissait normalement, mais entre son refus ferme de la dernière fois et maintenant sa volonté absolue qu'on aille dîner, c'était… suspect. Et le fait qu'il mentionne Adam deux fois.

Quelque chose ne tournait pas rond.

— Écoute, tu m'as dit que ce mec était une espèce de gendre idéal et que c'était ta dernière chance pour ta vie amoureuse. Tu as même voulu apprendre à danser pour lui.

Je sortis de ma chambre, encore habillée de mon peignoir. Si nous allions vraiment au Vérona, la robe noire n'était plus du tout optionnelle.

Ce qui signifiait que si nous allions au Vérona, Logan avait mis une chemise. Je pouvais compter sur les doigts d'une seule main les apparitions de Logan en chemise. La dernière fois, c'était pour fêter mon contrat de travail, dans ce même Vérona. Logan portait une chemise blanche, immaculée.

Tellement immaculée qu'il avait oublié de retirer les étiquettes d'achat, me faisant rire aux larmes.

— Ouvre, Margaux. Je t'assure qu'on va passer une bonne soirée.

J'abdiquai et déverrouillai la porte. Logan apparut, habillé d'un jean noir élégant et d'une chemise noire parfaitement ajustée sur ses larges épaules. Je restai sans voix, touchée qu'il fasse autant d'efforts pour moi.

— Avant que tu le demandes : oui, j'ai retiré toutes les étiquettes.

— Tu es… Tu es très élégant, murmurai-je.

— Toi aussi, répondit-il.

— Je suis en peignoir, Logan.

— L'élégance est un état d'esprit.

Je grimaçai, guère convaincue par sa réponse. Je n'étais ni habillée ni maquillée, et mes cheveux ressemblaient à un immense mikado. J'étais un parfait antonyme de l'élégance et loin d'être dans un état d'esprit positif. Logan jeta un coup d'œil à sa montre.

— Notre réservation est dans trente minutes, je te conseille donc de faire vite, dit-il.

— Logan, tu es certain de vouloir faire ça ? C'est pas un peu... bizarre de répéter un dîner ?

— Tu veux vraiment qu'on fasse la liste des trucs bizarres qu'on a déjà faits, alors que j'ai fait mettre de côté cinq parts de tiramisu pour toi ?

— Cinq ?

— Dix, en vrai. On en ramènera.

Mon sourire s'élargit, et je me sentais déjà mieux. Voir Logan si prévenant me fit presque oublier mes moments de doute quelques minutes auparavant. S'il voulait de la distance, il ne serait pas autant investi ; s'il m'estimait trop envahissante, il n'aurait pas fait l'impossible en réservant le Vérona.

Encore une fois, Logan m'aidait. Dans un élan spontané, comme je le faisais depuis mon adolescence avec lui, j'entourai la taille de Logan de mes bras, posant ma joue gauche contre son torse. Dans le silence de l'appartement, je ne décelai plus que les battements réguliers de son cœur.

— On va faire ce dîner, Mar', dit doucement Logan quand je relevai les yeux vers lui. Et on va faire comme si c'était vrai.

Chapitre 9

J'étais sorti soulagé de mon rendez-vous avec mon agent. Si ma décision avait été brutale, il n'avait rien fait pour me faire changer d'avis. Au contraire, il avait accueilli mes propositions avec enthousiasme et était prêt à négocier le meilleur contrat possible.

La seule chose que j'appréhendais, c'était d'en parler à Margaux. Même si nous nous étions toujours soutenus dans nos carrières respectives, depuis notre rencontre, nous n'avions jamais été réellement séparés l'un de l'autre. Le sport m'avait sauvé de multiples façons, m'offrant une porte de sortie de ma vie familiale désastreuse. J'espérais qu'il fasse encore son effet, quand être loin de Margaux serait trop douloureux.

Ou quand elle m'enverrait des photos de son parfait bonheur de couple.

C'était mon but désormais : qu'elle soit heureuse et qu'elle puisse l'être sans moi à ses côtés. Margaux n'avait plus besoin de moi et devait apprendre à avoir confiance en elle. Notre dîner n'avait que ce seul objectif : lui montrer qu'elle pouvait être elle-même, avoir confiance et prendre son envol.

Aussi, pour marquer ce dîner – qui serait sûrement l'un

de nos derniers avant un long moment –, je voulais l'impressionner. Nouvelle chemise, pantalon repassé, restaurant de luxe – qui m'avait coûté un abonnement annuel au club pour le propriétaire du Vérona – et tiramisu à volonté.

Quand Margaux avait envisagé d'annuler notre dîner, j'avais été partagé. La déception m'avait gagné, avant d'être grignoté peu à peu par le soulagement. Mimer Adam et jouer les pseudos-futurs-petits amis ne me réjouissaient pas. J'avais la sensation de marcher sur une corde raide, vacillant entre notre amitié et… autre chose, quelque part dans le vide et dans l'inconnu.

Et cet inconnu-là me faisait peur, parce qu'il pouvait dévaster toute mon amitié avec Margaux en quelques secondes d'égarement. Je ne voulais pas la perdre, pas pour de la curiosité stupide et un embarras monumental. L'idée même, ensuite, d'affronter le regard de Lison et de Gabriel me tétanisait.

Rester sur la corde et tenter de m'y accrocher coûte que coûte…

— J'espère que je fais honneur à ton allure, lança Margaux alors qu'une des employées du restaurant l'aidait à retirer son manteau.

— Tu es superbe, Mar'. Comme toujours.

Elle éparpilla ses longs cheveux bouclés sur ses épaules et m'offrit un sourire radieux. Mes yeux dévalèrent sur elle et sur cette robe noire à bretelles. Une longue fente laissait apparaître sa jambe droite, et il m'avait fallu tout mon self-control pour garder mes mains cramponnées sur le volant pendant que je nous conduisais jusqu'ici.

Je tenais sur ma fichue corde, mais le monde entier semblait s'être ligué contre moi pour m'en faire tomber.

Notre serveuse nous indiqua notre table et Margaux,

perchée sur ses escarpins, marcha devant moi avec élégance et tentation. Je luttai contre l'envie de poser la main dans le bas de son dos, histoire de montrer aux clients qui nous regardaient qu'elle n'était pas pour eux.

Elle n'était pas pour moi non plus. Mais ils ne le savaient pas, et je m'autorisais cet unique arrangement avec la réalité.

— Tu as réservé la table près de la cheminée ? s'exclama Margaux.

— C'est censé être un rendez-vous romantique, non ? répondis-je en tirant la chaise pour qu'elle s'installe.

— Qui êtes-vous et qu'avez-vous fait de mon meilleur ami ? dit-elle en riant.

— Il est derrière toi, murmurai-je, et bien décidé à t'offrir un fabuleux dîner.

Son rire s'éteignit, et elle tritura nerveusement une mèche de cheveux. Je m'installai face à elle, ignorant les regards curieux autour de nous. Je ne passais jamais inaperçu dans les lieux publics, et certains devaient se demander si j'étais le garde du corps de Margaux.

— Tu dois agir comme si ce dîner était un vrai dîner, lui rappelai-je. Du moins, un vrai rencard, corrigeai-je.

— D'accord. Donc j'évite les spaghettis, vu que je risque de m'en mettre partout ?

— C'est une idée. Ils ont des ravioles à la truffe très réputées.

— Je te rembourserai, dit-elle avant de se cacher derrière le menu.

Je secouai la tête et tirai sur la carte pour retrouver ses yeux. Margaux se mordait la lèvre, cachant mal sa nervosité.

— C'est un dîner romantique, et tu me parles de la note ? m'étonnai-je.

— Logan, tu sais que…

— Margaux, fais comme si c'était vrai. Fais comme si j'étais un mec qui t'avait invitée au restaurant.

— Techniquement, tu es bien un mec qui m'a invitée au restaurant, répondit-elle en souriant.

— Alors fais comme si j'étais un mec qui ne t'avait jamais tenu les cheveux quand tu vomissais toute ton âme dans les toilettes de mon appartement.

Choquée, elle ouvrit la bouche, pendant que j'éclatai de rire. À nouveau, elle se cacha derrière le menu, un peu honteuse.

— J'imagine que ça crée des liens, dis-je en me retenant de rire à nouveau.

— C'était ma première cuite, Logan.

— Je crois que j'ai toujours des photos dans mon téléphone.

Elle referma le menu, le posa près de son assiette et cala son menton dans le creux de sa main. Un air mutin sur le visage, elle me scruta et, pendant quelques secondes, je fus déstabilisé par ses yeux azur.

— Sans être une spécialiste, je crois qu'on n'évoque pas sa première cuite lors d'un premier rendez-vous, dit-elle.

— Il faut attendre au moins le troisième rendez-vous, acquiesçai-je.

— Alors on parle de quoi lors d'un premier rendez-vous ?

— Dans la mesure où Adam ne te connaît pas du tout, tu peux parler du dernier film que tu as vu. Ou de ton travail, ça peut être un bon début. Tu veux qu'on commence ?

Elle hocha la tête et, dans une synchronicité parfaite, notre serveuse vint prendre notre commande. Elle s'éclipsa quelques secondes plus tard, un large sourire aux lèvres et, malgré moi – et parce que, après tout, je n'étais pas *vraiment* en rencard –, je la suivis des yeux quand elle s'éloigna.

— Alors, je crois aussi que ce genre de choses ne se fait pas, gloussa Margaux.

— Désolé. L'habitude. Tu as raison, je vais me concentrer. Après tout, c'est bien ta vie amoureuse qui est en jeu, non ?

— Tout à fait. On y va !

Pour une raison qui m'échappait, ce « on y va » fit accélérer mon cœur. Cette fichue corde sur laquelle je jouai les somnambules était en train de s'effilocher. Peut-être était-ce l'éclairage minimaliste de la table, avec cette bougie vacillante, ou l'ambiance feutrée et romantique du restaurant, ou le visage radieux de Margaux avec ses yeux pétillants et ses lèvres pleines.

— Alors, Margaux, tu travailles dans quel domaine ?

— J'ai l'habitude de dire que je travaille pour le Père Noël. D'ailleurs, tu as vu ce superbe sapin décoré au milieu de la salle ? demanda-t-elle en désignant la grande salle du restaurant. C'est somptueux, non ? À mon avis, importation norvégienne. Il ne perd pas ses épines, et on sent le parfum de la résine.

— Oh ! une spécialiste du sapin ?

— De la décoration. Je bosse pour une boîte d'accessoires et je participe aux projets d'événementiels. À mon avis, continua-t-elle avec enthousiasme, les ornements pourraient être plus élégants, et les guirlandes sont totalement passées de mode depuis au moins deux décennies.

Je retins un rire. Au moment de Noël, Margaux commentait toutes les vitrines, tous les sapins et toutes les décorations qui avaient le courage et l'audace de croiser son chemin. Elle était intarissable.

— Et puis, j'aurais mis des leds blanches à lumière chaude. Avec des rappels sur les tables, tu vois, entortillés dans un petit vase avec quelques branches de sapin. On peut faire beau en faisant très simple et… Et je ne devrais pas déraper autant, c'est ça ? demanda-t-elle, les yeux rivés sur la table.

— Tu as le droit d'être passionnée par ton travail, Margaux.

— Lison me dit sans cesse que je dois… tempérer mon engouement pour Noël.

— Tu n'as pas à être quelqu'un d'autre.

Elle releva les yeux vers moi. Ils avaient perdu leur pétillant habituel. Un pauvre sourire forcé apparut sur ses lèvres.

— Tu n'as pas à être quelqu'un d'autre, en particulier pour plaire à quelqu'un, Margaux. Tu es brillante, passionnée, drôle… et incapable de tenir l'alcool, et tout ça suffit.

— Si ça suffisait, je ne serais pas là avec toi à répéter… ou à apprendre l'art de la drague entre adultes.

— Ça suffit, Margaux. Je t'assure. Si aucun homme n'a été assez futé pour le voir, alors, aucun n'était suffisamment futé pour être avec toi.

Il prit une profonde inspiration et tritura sa serviette nerveusement. Après quelques secondes de silence, à peine perturbées par la musique d'ambiance du restaurant, Margaux se redressa et afficha à nouveau son sourire lumineux.

— Et si tu me parlais de ton travail ? m'interrogea-t-elle.

— Je suis hockeyeur, dans l'équipe actuellement seconde au classement du championnat.

— Tu fais du hockey depuis combien de temps ?

— J'ai appris à patiner à trois ans, et le hockey est devenu ma passion quand j'avais dix ans. J'y jouais avec Gabriel, un très bon ami, sur un lac gelé près de chez lui.

À la mention de son frère, les lèvres de Margaux se soulevèrent dans un sourire complice. La serveuse réapparut avec nos commandes et, peu à peu, la nervosité de Margaux s'évapora.

— Je m'y connais un peu en hockey, répondit-elle finalement. Mon meilleur ami est joueur aussi.

— Quelle incroyable coïncidence ! m'exclamai-je. Sûrement un mec bien, alors.

— Un mec très bien. Il... Il est toujours là pour m'aider et pour m'encourager. Je suis du genre... trouillarde.

— Tu n'aimes pas prendre des risques ?

— Je n'aime pas l'idée de tout mettre en jeu pour tout perdre. J'ai eu mon lot de mauvaises surprises, j'aime bien la sécurité.

Je plongeai le nez dans mon assiette, tentant de me composer un visage neutre. Un jour ou l'autre – en tout cas, très prochainement –, je devrais dire à Margaux que j'allais partir pour un autre club et que notre routine agréable et rassurante s'achèverait. Même si je savais qu'il était temps, l'idée de lui faire du mal me terrifiait.

— En tant que hockeyeur, tu dois passer ton temps à t'entraîner, non ?

Margaux avait une excellente tactique : dès que la conversation s'orientait vers des sujets trop intimes, elle optait pour une nouvelle question et reprenait son coaching. Malgré tous mes efforts pour tenir mon rôle, je sentais que, peu à peu, je dérivais.

Je dînais avec Margaux, dans son restaurant préféré, elle portait cette superbe robe noire qui mettait ses yeux bleus en valeur, ses cheveux cascadaient sur ses épaules, les lumières illuminaient sa peau diaphane... Et je détestais cet Adam. Ce n'était plus dans mon imagination, c'était en moi, dans chacune de mes respirations, dans chacune de mes pulsations : je le détestais.

Je détestais qu'il ne voie pas la fille douce et adorable que je voyais en ce moment. Je détestais qu'elle ne réalise pas qu'elle était sûrement trop bien pour lui.

Et je détestais encore plus me dire qu'elle était trop bien pour moi et que j'allais la perdre.

— Euh, oui. Je m'entraîne beaucoup, répondis-je la gorge serrée. Sur la glace et en salle. Musculation, course à pied, ce genre de trucs.

— Et ton temps libre ?

— Je cuisine, mentis-je.

— Logan, tu ne cuisines pas ! s'écria Margaux, hilare.

— Je sais. Je tente de faire comme si j'étais Adam. J'essaye de t'impressionner. Donne le change, au moins pour l'exercice.

Elle rit à nouveau, avant de piocher une raviole dans son assiette.

— De m'impressionner ?

— Eh bien, si j'étais Adam, si je t'avais en face de moi pour un rendez-vous, je crois que je ferai tout pour t'épater. Histoire d'avoir d'autres rendez-vous. Donc, oui, je cuisine.

— Ta spécialité ?

— Les coquillettes au bacon. Un must.

À nouveau, Margaux éclata de rire à en pleurer de joie. Autour de nous, certains clients se tournèrent dans notre direction, et je me contentais de leur répondre avec mon regard le plus sombre. Personne ne m'empêcherait de faire rire Margaux : c'était mon périmètre d'action préféré.

— Tu en as fait une fois, et je ne saurais même pas dire si elles étaient bonnes ! me rappela Margaux entre deux rires.

— Post-gueule de bois : est-ce ma faute si tu avais la langue chargée et l'estomac en vrac ? J'ai voulu t'aider à aller mieux, et ça a fonctionné. Donc, c'était une réussite. On va la refaire.

— Quoi ?

— Eh bien, si Adam te raconte qu'il sait piloter un avion ou qu'il maîtrise le tricot, il faudra éviter de rire. Ça pourrait le vexer. Et crois-moi, les hommes n'aiment pas être vexés.

— Tu as raison, admit-elle. Donc, les coquillettes au bacon ?

— Ma meilleure recette. Tu cuisines ?

Elle étrécit le regard, prête à me clouer sur place. Margaux et la cuisine. Un combat de Titans. Elle essayait. Encore et toujours, sans jamais se lasser, mais, invariablement, elle échouait. Trop cuit, pas assez, sans goût, trop salé…

— Je ne suis pas censée évoquer mes… mes petits défauts, dit-elle finalement.

— Tu parles de ta cuisine ou de ta collection de livres de recettes ?

— Adam n'en saura jamais rien, assura-t-elle.

— Si vous sortez ensemble, il finira par l'apprendre. Ou alors, tu peux dire que tu montes une bibliothèque spécifique de livres de cuisine. Ou que tu réalises une collecte pour une école d'hôtellerie.

— Ne pas savoir faire la cuisine ne fait pas de moi une fille infréquentable, se défendit-elle dans un rire.

— C'est vrai. Ça fait de moi un putain de génie avec mes coquillettes au bacon.

Elle rit à nouveau, belle, libre et foutrement attirante. Notre famille et nos amis enviaient notre complicité. C'était bien plus que ça : nous connaissions nos failles, nos défauts, nos habitudes et les moindres détails de nos vies.

Et je réalisai maintenant, au milieu de ce restaurant, que Margaux était dans chacun de ces détails de ma vie.

— Et tu fais d'autres choses ? m'interrogea ma meilleure amie.

— Des œufs brouillés, des pâtes bolognaises... Des trucs simples.

— Je suis impressionnée, fit Margaux, en affichant un visage stupéfait.

Elle mentait, je le savais. Je lui avais même demandé de le faire. Mais pourtant, l'éblouir, même pour de faux, me tira un sourire satisfait.

Un sourire satisfait et une petite arythmie cardiaque. Cette soirée avec Margaux était en train de me tuer tout doucement, et notre amitié serait bientôt la seconde victime.

— Je suis charmé, dis-je en plantant mes yeux dans les siens.

Devant mon accès de sincérité spontanée, elle se figea, soutenant mon regard, le souffle court. Tentant de trouver une parade, elle heurta sa fourchette contre son assiette, brisant ainsi le silence à notre table. Elle balbutia des excuses, avant de rougir instantanément.

— Je... euh... Merci ?

— Merci ? répétai-je avant de boire une gorgée de vin.

— Je ne sais pas ce que je suis censée répondre. D'ailleurs, est-ce que tu... Pardon, est-ce que tu jouais la comédie ou... ?

— Est-ce que ça change quelque chose ?

— Logan, s'il te plaît. Cesse de répondre à une question par une autre question.

— Pourquoi pas ?

— Parce que c'est très agaçant. Et parce que tu étais charmant il y a trente secondes et que je n'aime pas spécialement subir un ascenseur émotionnel.

— Je te l'ai dit depuis le début de ce dîner : fais comme si tout ce que je te disais était vrai. Reprenons, dis-je en faisant comme si la situation n'était pas en train de m'échapper.

Margaux masqua son malaise dans son verre d'eau, laissant un court silence s'installer. Elle, comme moi, avait besoin de reprendre son souffle. J'avais été sincère mais, à voir la réaction de Margaux, je comprenais que ce que je ressentais – un mélange de désir, d'attraction et d'inquiétude dévorante – n'était pas partagé.

— Je suis charmé, répétai-je, aussi sincère que quelques minutes auparavant.

— Je le suis aussi, répondit-elle.

Difficilement, je parvins à avaler la bouchée de rigatonis au pesto que j'avais commandés. Margaux m'adressa un sourire timide, faisant valser tout notre projet initial. Les répétitions étaient terminées, mais je ne savais pas encore où allait nous mener le reste de la soirée.

— Et toi, ton temps libre ? demandai-je finalement.

— Je vais voir du hockey. Je passe des soirées entières à la patinoire et, la plupart du temps, je finis la voix cassée.

— Parce que tu soutiens l'équipe ?

— Parce que j'engueule mon meilleur ami qui passe son temps à fracasser les autres contre la vitre, répondit-elle en haussant un sourcil provocant.

— Ça fait partie du jeu, Margaux. Sinon, je me contenterai de faire du patinage artistique en enchaînant les triples sauts.

— Ça ne fait pas partie du jeu, quand tu fracasses Alex contre la vitre. Vous êtes de la même équipe, me rappela-t-elle.

— Alex mérite que je le fracasse. Et pas uniquement sur la glace, précisai-je.

Le souvenir de ma dernière altercation avec lui, au sujet même de Margaux, me tira une grimace. Le seul fait qu'il la regarde ou qu'il tire des conclusions me donnait envie de le frapper. Il fallait changer de discussion.

— Et hormis le hockey ? demandai-je.

— Pour être franche, pas grand-chose, répliqua-t-elle. Je passe beaucoup de temps à la patinoire ou avec ma sœur.

Un sourire tendre s'afficha sur ses lèvres. Bien que très différentes, Lison et Margaux avaient toujours été très proches. Cela me rassurait : à mon départ, Margaux ne serait pas totalement seule.

Après trois tiramisus consécutifs de la part de Margaux et après avoir constaté que nous étions les derniers clients du restaurant, nous décidâmes de quitter les lieux. Nous avions passé le reste du dîner à partager nos souvenirs d'adolescence, à parler hockey – sans jamais évoquer mon avenir – et à discuter innovations de Noël.

Comme lors de notre arrivée, je suivis Margaux dans le restaurant, lorgnant sa silhouette parfaite et ses hanches tentatrices. J'aurais donné une bonne partie de mon empire pour faire glisser la fermeture de sa robe et parcourir son corps de mes mains. Je secouai la tête, chassant les images érotiques qui m'envahissaient.

Imaginer Margaux en jean large et engloutie dans un sweat-shirt trop grand aurait dû suffire à me calmer.

Sauf que non. Dans la voiture, même assise sagement, la robe de Margaux semblait me narguer. Je devinais maintenant une de ses jambes, et je n'avais jamais été aussi pressé de déposer ma meilleure amie chez elle. Je diminuai le chauffage, incapable de supporter plus de chaleur.

— J'ai besoin d'un dernier conseil, fit-elle alors que je me garai devant son immeuble.

Sa voix était si enrouée qu'elle finit par s'éclaircir la gorge. Je pivotai vers elle, mais Margaux ne me rendit pas la politesse, gardant les yeux rivés sur le pare-brise qui commençait à se couvrir de neige.

— Qu'est-ce que tu veux savoir ? demandai-je.

— Prisca... Prisca... Prisca qui a l'habitude de ce genre de rituel me disait que... Enfin...

— Margaux, vas-y, lance-toi ! Je fréquente des vestiaires masculins depuis plus de dix ans, je crois que, en termes de choses choquantes ou embarrassantes, je suis habitué, l'encourageai-je.

Margaux me lança un petit coup d'œil, comme pour vérifier que j'étais disposé à tout entendre.

— Est-ce que je l'embrasse ?

J'étais prêt. Cela ne m'empêcha pas d'être surpris et d'avoir la sensation désagréable d'étouffer dans l'habitacle de ma voiture.

— Après ce dîner, si tout se passe bien et si... enfin, disons si les planètes sont alignées, est-ce que je l'embrasse ?

J'esquissai un sourire. Margaux manquait tellement de confiance en elle. Après un dîner comme ce soir, aucun homme n'aurait résisté à l'envie de l'embrasser.

Aucun. Et je pesai chaque lettre de ce mot. Je pris une profonde inspiration, faisant comme si ce que j'allais dire n'allait pas être aussi douloureux qu'un putain coup de coude dans le creux de l'estomac. J'avais pourtant l'habitude d'en prendre, mais celui-là... celui-là allait me coûter plus que tous les autres réunis.

Sans réfléchir, je pris la main de Margaux dans la mienne, la forçant ainsi à me regarder dans les yeux.

— Margaux, je ne connais pas un homme, pas un seul, qui ne voudrait pas t'embrasser après le dîner de ce soir.

— Tu dis ça parce que nous sommes amis.

— Je dis ça parce que je suis un homme, Margaux.

Adam t'embrassera. Parce qu'il n'est sûrement pas stupide et parce que tu es très attirante.

Je lâchai sa main pour caresser délicatement sa joue. Le cœur battant et nerveux à m'en retourner l'estomac, je réduisis l'espace entre nous. On jouait ? On ne jouait plus ? On n'avait probablement jamais vraiment joué. Tout ce que je savais, c'est que Margaux était partout : sous ma paume, dans l'air que je respirais, dans le parfum fleuri que je devinais, dans son souffle court, presque haletante, que je partageais.

Doucement, j'approchai ses lèvres des miennes et je les effleurai. Dans un équilibre précaire, sa main agrippa ma chemise et, à son tour, elle pressa sa bouche contre la mienne. J'abandonnai sa joue pour enfoncer mes doigts dans sa chevelure bouclée. Je retrouvai ses lèvres, la douceur laissant place peu à peu au désir. Je ravalai un grognement, et Margaux en profita pour approfondir notre baiser. Sa langue dansa avec la mienne, à une vitesse si lente que c'en était douloureux. J'accélérai le rythme, ne lui laissant aucune chance de s'échapper. Mon corps en voulait plus, comme si ce baiser m'avait sorti de mon aveuglement et qu'il me fallait maintenant rattraper des années.

Quand le souffle lui manqua, elle s'écarta légèrement et posa son front contre le mien.

— Je vais rentrer, dit-elle, hors d'haleine.

Elle prit son manteau et, sans dire un mot de plus, quitta ma voiture. Quand je repris mes esprits, Margaux franchissait déjà les portes de son immeuble, et un abruti klaxonnait derrière moi pour que je libère l'accès au parking.

Furieux contre moi et mon absence de réaction, je démarrai en trombe et pris le chemin de mon appartement.

Je l'avais embrassée. Je l'avais embrassée et j'en avais adoré chaque seconde.

— Comme si c'était vrai, marmonnai-je.

C'était vrai. C'était vrai depuis le début.

Chapitre 10

— Un café et un croissant, commanda ma sœur au bar de l'hôtel dans lequel elle travaillait. Mar', tu veux un crème ?

— Euh, oui. Un grand, avec double dose de café, dis-je en réprimant un bâillement.

— On dirait que tu n'as pas dormi de la nuit !

— J'ai… J'ai eu une soirée chargée, répondis-je.

Une soirée chargée et une nuit chaotique. J'avais passé une partie de la nuit sur mon téléphone, hésitant à appeler Logan pour avoir une explication. Une explication… Non, ce n'était pas vrai. Je ne voulais pas d'explication. Je voulais retourner dans cette voiture, avoir le courage de lui proposer un verre et finir la soirée avec lui.

Je voulais poser mes lèvres à nouveau contre les siennes et sentir ses doigts se perdre dans ma chevelure. Pour la première fois depuis des années, j'avais le sentiment d'être désirée et voulue. C'était grisant et si enivrant que je voulais en revivre chaque instant.

— Si je me souviens bien, la soirée du club de Logan est ce soir, non ?

— Oui. C'est… J'avais du travail hier soir et j'ai voulu finir un dossier. C'est un peu compliqué au bureau, on est un peu débordés.

— Logan pourrait trouver une autre cavalière, ce n'est pas ça qui lui manque. Comme ça, tu pourrais te reposer.

— Je ne vais pas lui poser un lapin à la dernière minute, répondis-je aussitôt.

— Non, évidemment. Mais... Disons... pour les prochaines fois. Je trouve ça bien que tu lui rendes service, mais...

— Mais quoi ? m'agaçai-je.

— Mar', je sais que vous êtes très amis, mais j'ai parfois l'impression qu'il n'y a plus que ton travail et Logan dans ta vie.

Je relevai les yeux vers Lison, sidérée qu'elle me parle si durement de mon amitié avec Logan. Pendant des années, il avait été dans ma vie – dans nos vies – et maintenant, je devrais faire sans. C'était impossible.

— Logan et moi sommes amis depuis des années. Je ne vois pas pourquoi ça devrait changer, m'alarmai-je.

— Parce que tu ne peux pas espérer une relation avec un autre homme, tant que Logan est si présent. Adam m'a posé des questions.

— Quel genre de questions ?

— Sur ton amitié avec Logan, depuis combien de temps et si vous aviez déjà été... plus que des amis. La plupart des questions que tout le monde s'est posées ou se pose...

Je laissai échapper un rire amer. Ma relation avec Logan semblait fasciner notre entourage. Cela me laissait perplexe : en quoi ma relation avec Logan regardait Adam ? J'avais la sensation qu'on m'imposait de faire un choix entre mon meilleur ami et les autres hommes. Je ne voulais pas choisir.

D'ailleurs, je ne savais même pas s'il y avait vraiment un choix.

— Pardon, mais je ne vois pas en quoi ça le regarde ! m'agaçai-je.

— Eh bien, j'imagine qu'il s'interroge sur sa marge de manœuvre. Tu lui plais, Margaux, mais il a besoin de savoir où il met les pieds. Je crois que si Pierre avait une meilleure amie aussi présente que tu l'es dans la vie de Logan, je m'interrogerai aussi.

— C'est ridicule, marmonnai-je.

— Personne n'aime avoir le cœur brisé, Margaux. Si Adam et toi allez plus loin, tu ne pourras plus passer tes week-ends à la patinoire ou au bar.

— Et pourquoi pas ? demandai-je, volontairement provocatrice.

Je n'étais pas stupide au point de ne pas comprendre les allusions de ma sœur. Être en couple signifiait remettre en perspective mes priorités. Mais, à cet instant, devant mon café crème déjà tiède, j'avais la sensation de sacrifier trop et trop vite.

— Mets-toi à sa place, si Adam avait une relation aussi forte avec une femme que celle que tu as avec Logan, est-ce que tu l'accepterais facilement ?

— Eh bien, on ferait des dîners à quatre, plaisantai-je.

— Margaux...

La voix de ma sœur sonnait comme un avertissement. Sans rien ajouter, elle ouvrit un carnet de notes, laissant apparaître un plan de la salle où elle allait se marier. C'était la raison pour laquelle je prenais le petit déjeuner avec elle : nous devions nous assurer que tous les invités étaient placés et que les tables étaient équilibrées.

— Tu vois, ta relation avec Logan, c'est exactement ce plan de table, reprit ma sœur. On ne peut pas mettre trois personnes quand il n'y a que deux places. L'amour, ça prend de la place, Mar'. Alors il faut que tu laisses une chance à Adam de faire la sienne.

— Ça prend peut-être de la place, mais ça ne peut pas prendre toute la place, ripostai-je.

Lison leva les yeux vers moi, puis secoua la tête. Ni elle ni moi n'avions complètement tort ou complètement raison. Logan était mon ami depuis des années, je ne pouvais pas l'effacer de ma vie du jour au lendemain.

Et le baiser d'hier soir, lui, laissait déjà un souvenir indélébile.

Lison était assez intelligente pour comprendre que j'étais en train de me braquer et qu'elle ne parviendrait pas à avoir le dessus. Aussi, après un court silence, elle changea de conversation, et nous nous concentrâmes sur le plan de sa réception.

— J'ai mis tante Suzanne avec la famille de Pierre, qu'est-ce que tu en penses ?

— Tu n'as pas vraiment le choix, si ? C'est notre seule famille. Et nos cousins ?

— Ils ne viendront pas. Ce qui fait que cette table-là, dit-elle en pointant la plus proche de la table d'honneur, fait un peu… « maigre ».

— Et si tu rassemblais ces deux-là ? proposai-je.

Lison gomma son dessin initial, avant de dessiner une nouvelle table et de noter les noms de ses invités à placer autour. Je pris mon café et espérai que la caféine parvienne à me faire survivre à cette journée. Ce rendez-vous avec Lison me permettait au moins de me sortir Logan de la tête.

Mais il me suffisait de regarder la neige s'écraser contre la fenêtre du bar pour être de nouveau propulsée dans cette voiture, avec Logan et cette tension crépitante et insoutenable entre lui et moi. Nous avions passé une très belle soirée et, en montant dans la voiture, je ne discernerai déjà plus les contours nets de notre amitié. Tout était flou, comme plongé dans un brouillard duveteux et agréable.

Et ce baiser. Ses lèvres, ses mains, son parfum, les battements de son cœur sous ma paume, aussi intenses qu'inattendus, aussi doux que bouleversants. C'était parfait. Court mais parfait.

Je brûlai d'envie de renouveler l'expérience.

Et d'en tenter des tas d'autres. Des tas.

— Margaux ?

La voix de ma sœur me sortit de ma rêverie éveillée. Je chassai l'image de Logan dans cette fabuleuse chemise noire. Mes joues chauffaient d'un mélange d'excitation et de gêne.

— Alors ? Tu demanderas à Logan ? s'inquiéta ma sœur.

— Lui demander ?

— S'il vient accompagné ! Je lui ai transmis une invitation, et il peut venir avec quelqu'un, s'il veut. J'ai gardé une place près de lui. Franchement, ça m'arrangerait qu'il ramène une invitée, ça permettrait de compléter la table.

— Oh ! euh, oui, je le lui demanderai.

Voir Logan avec une fille était aussi agréable qu'une poussée d'urticaire. L'idée même de lui poser la question me plombait le moral. S'il me disait oui, j'allais passer les jours à venir et la soirée de mariage à me morfondre ; s'il me disait non, nous serions tous les deux au pied du mur pour décider si nous devions préserver notre amitié.

— Tu fais la déco deux jours avant, c'est ça ? me demanda ma sœur.

— Oui. Logan doit venir m'aider.

— Je viendrai aussi.

— Non. Je ne veux pas. Je veux que tu découvres la salle de réception quand tu y entreras avec Pierre à tes côtés et une alliance à l'annulaire. Je veux vraiment vous faire la surprise.

— Tu es sûre ?

— Certaine.

Cette proposition apaisa la petite tension qui régnait entre ma sœur et moi. Après un second café, je rejoignis mon bureau, toujours sans nouvelles de Logan.

❄

Je t'attendrai à l'entrée de la patinoire. La soirée est dans la salle de réception qui donne sur la patinoire.

C'était le seul message de la journée de la part de Logan. Froid, distant et purement logistique, j'envisageai même d'annuler ma présence à cette soirée. Il n'avait pas vraiment besoin de moi pour tenir une coupe dans une main et serrer des mains de l'autre. Vu l'impasse dans laquelle je me trouvais, j'optai pour une tenue plus sage que la veille : un pantalon smoking noir, un haut léger en voile rouge rubis laissant apparaître une partie de mon dos – pas du tout de saison – et une paire d'escarpins aussi vertigineuse que l'agacement qui m'habitait. Mes cheveux coincés dans un chignon, parfumée et maquillée, je pris une seconde pour observer mon reflet. J'avais toujours envié ces filles pleines d'assurance et à l'allure impeccable. Ce soir, malgré mon estomac noué et mes pensées déprimantes, j'espérais donner le change.

Un taxi me déposa sur le parking. En un seul coup d'œil, je repérai le pick-up de Logan. Ruminant ma déception – il m'avait laissée sans aucune nouvelle de la journée –, j'entrai dans la patinoire et déposai mon manteau au vestiaire. Je fis deux pas, avant d'être interrompue par un sifflement admiratif.

— Margaux, tu es tout simplement spectaculaire !

La voix éraillée de Marcus, le gérant du bar officiel du club, me tira un sourire. Je pivotai vers lui, très élégant avec sa chemise gris chiné et un gilet sans manches noir. Avec ses yeux sombres et sa barbe de trois jours, il donnait la sensation de revenir d'une expédition amazonienne.

— Merci, soufflai-je.

— Personne ne t'escorte ? s'inquiéta-t-il en parvenant à ma hauteur.

— Logan était censé m'attendre ici.

— Je vais t'escorter. Je ne crois pas qu'il soit sage de laisser une fille belle comme toi seule dans cet endroit saturé de testostérone.

Délicatement, il posa la main dans mon dos et me dirigea vers l'un des ascenseurs qui menaient à la salle.

— Je ne savais pas que tu allais venir à cette soirée ! dis-je une fois entrée dans la cabine.

— Habituellement non. Mais le club veut montrer aux nouveaux sponsors que les supporters soutiennent le projet du club. Le soutien populaire compte pour vendre des maillots et des *goodies*, ajouta-t-il dans un sourire. Et toi ? Toujours l'invitée privilégiée de Logan ?

— Euh, oui.

Mon rôle se résumait à ça : j'étais l'invitée privilégiée de Logan. Pas son amie, juste une invitée. Je ravalai un soupir défait et sortis un rouge à lèvres de ma pochette pour une ultime retouche devant le miroir de l'ascenseur.

— Qui garde ta fille ? demandai-je à Marcus.

— Ma mère. À cette heure, elle doit être en train de lui soutirer des informations sur ma vie privée.

— Et il y a des choses à raconter ? questionnai-je avec un sourire.

— Pas vraiment, non, s'esclaffa-t-il. A priori, être père célibataire, propriétaire d'un bar dans lequel il passe la plus grande partie de son temps, n'est pas forcément très attirant. Laurie est partie pour cette raison.

— Marcus, je vois des filles tourner autour de toi en permanence. Le côté bourru et mystérieux fascine. Tu finiras par trouver quelqu'un.

— J'aimerais bien que le destin me simplifie la vie, que quelqu'un déboule à ma porte et me dise : « Ah, je t'ai enfin trouvé. » Pas de rendez-vous, pas de tactiques d'approche, pas de stress, pas de nœud au cerveau. Ça serait tellement plus simple, s'esclaffa-t-il.

— C'est vrai, admis-je. Ça serait vraiment plus simple, lâchai-je à voix haute.

Un court silence s'installa, et l'ascenseur s'immobilisa au troisième étage. Je repris mon souffle et me composai un visage ravi. Même si j'en voulais à Logan pour son silence, je devais l'affronter. Un seul baiser ne pouvait pas ruiner toute notre relation.

Les portes s'ouvrirent sur Logan, ses sourcils froncés se détendant en me voyant.

— Ah, je t'ai trouvée, fit-il, un large sourire aux lèvres.

Je tressaillis et entendis Marcus s'éclaircir la gorge. J'étais partagée entre l'envie de rire et la stupéfaction la plus totale.

— Je l'ai escortée. Tu ne devrais pas laisser Margaux toute seule, elle finirait par tomber sur un type bien, ironisa Marcus.

— Je n'en doute pas. Tu es très jolie, me complimenta Logan.

— Tu n'es pas mal non plus. La tenue de soirée du club s'améliore d'année en année.

D'un geste de la main, il nous indiqua le chemin jusqu'à la salle de réception. Je marchai en silence, près de Logan, sa main effleurant la mienne à intervalles réguliers. La gorge serrée, j'entrai dans la salle. Je n'avais jamais passé autant de temps sans parler à Logan, sans lui parler réellement. J'espérai que cette soirée, même si peu intime, nous offre quelques minutes à nous.

Je me trompai. Dès mon entrée dans la salle, je fus aspirée dans l'énergie festive des lieux. Les coéquipiers de Logan me saluèrent un à un. Certains étaient accompagnés, et j'échangeai quelques mots avec leurs partenaires.

— Champagne, m'indiqua Logan en me tendant une coupe.

— Merci.

— Margaux, tu es absolument divine, lança Alex en surgissant devant moi, un large sourire aux lèvres.

Près de moi, je sentis Logan se tendre et réduire l'espace déjà ténu qu'il y avait entre nous. Je bus une gorgée de mon champagne, décidant que oui, j'étais effectivement divine et que la soirée n'avait pas à être aussi morose.

— Merci, Alex. Tu es venu seul ? demandai-je.

— Je n'ai pas la chance comme Logan d'avoir une amie volontaire pour les corvées mondaines. Évidemment, si tu es libre pour une prochaine soirée, je serai ravi d'être ton cavalier.

— Avec plaisir, répondis-je.

Alex leva un sourcil, visiblement surpris par ma réponse. Logan avala sa coupe de champagne d'un trait, toujours muet.

— On pourrait aller boire un verre à l'occasion,

proposai-je. De toute façon, je passe tellement de temps ici que tu n'auras pas de mal à me trouver.

Stupéfait, Alex échangea un regard avec Logan. Ça ressemblait à une demande d'assentiment. Logan eut le bon sens de ne rien dire, mais je le connaissais suffisamment pour savoir qu'il allait me reprocher mon attitude dès que nous serions seuls. Alex était un dragueur notoire, abusant de sa notoriété pour séduire. À côté de lui, Logan passait pour un débutant.

Tout le monde le savait, et j'étais décidée à en profiter.

Aussi, sans réaction de la part de Logan, Alex s'approcha de moi et colla sa joue contre la mienne pour murmurer à mon oreille :

— Tu vaux toutes les dents que Logan va me casser et qu'il va ensuite porter en collier, dit-il, amusé.

Je ris contre lui, puis il s'écarta et, après un dernier regard vers Logan, s'éclipsa. Satisfaite de ma petite rébellion, je pivotai vers Logan. Ses yeux avaient pris trois nuances de bleu plus foncées, et il serrait les dents si fort qu'il devait avoir mal aux mâchoires.

— Tu devrais aller saluer quelques sponsors, lui conseillai-je.

— Tu ne vas pas vraiment sortir avec lui, si ? me demanda sèchement Logan.

— Pourquoi je ne le ferai pas ?

— Parce que je croyais que tu cherchais une histoire d'amour durable et pas juste…

— Juste quoi ? m'agaçai-je.

Je pivotai vers lui pour l'affronter du regard. Nous étions tous les deux en colère, et même si nous nous étions déjà disputés dans le passé, nous n'avions jamais atteint ce degré de tension. Contre toute attente, le visage de Logan se détendit.

— Ça me fait mal de le dire, mais Alex a raison : tu es divine.

— Merci, murmurai-je.

— J'aurais dû t'appeler, aujourd'hui. Je suis désolé. J'ai été occupé et je me suis dit que je te verrais ce soir. Malgré tout, tu ne devrais pas sortir avec Alex.

— Logan…

— Parce que tu le ferais pour de mauvaises raisons. Si tu veux te rassurer sur tes capacités de séduction, je peux te promettre qu'elles sont intactes. C'est même difficile de… se tenir éloigné, ajouta-t-il dans un chuchotis à peine audible.

— Alors pourquoi le fais-tu ? l'interrogeai-je, le cœur lourd.

— Je tiens à notre amitié, Margaux.

En cinq mots, il venait de répondre à la multitude de questions qui me taraudaient depuis notre baiser de la veille. C'était juste un exercice. Agréable, doux et prometteur, mais uniquement un exercice. Le plus difficile était de me dire que je lui avais imposé cette histoire de dîner, que j'étais à l'origine du bazar dans ma relation avec Logan.

— Tu n'as pas besoin de moi pour séduire qui que ce soit, Margaux. Regarde-toi, tu es… Tu es la plus belle femme de la soirée. Tous les hommes ici peuvent le voir. Adam le verra aussi.

Sa voix était assurée, son air sincère et ses yeux avaient retrouvé cette teinte bleu océan habituelle. Peut-être parce qu'il était sportif de haut niveau, Logan parvenait à maîtriser ses émotions à la perfection, passant de furibond à serein en quelques minutes.

Ou peut-être que j'étais moi-même à fleur de peau, incapable de réfléchir convenablement à toute cette situation. Logan voulait préserver notre amitié… alors que je n'avais aucune idée de ce que je voulais.

— Je dois dîner avec lui vendredi soir, avouai-je.

— C'est super, se réjouit-il.

— Je vais encore louper l'entraînement, lui rappelai-je, attristée.

— Tu n'as pas à y être à chaque fois. Et puis, si ta relation avec Adam évolue, tu auras besoin de temps à lui consacrer.

J'avais la sensation d'entendre les mots de Lison, dans un écho désagréable et déstabilisant. Pendant des années, j'avais mes habitudes avec Logan. Les entraînements, les soirées, les matchs, les cris dans les gradins, mon visage caché dans mes mains quand il finissait contre le plexiglas, mon corps gelé, ma voix cassée chaque lundi matin au bureau… Ma vie entière tenait dans cette routine.

— Je ne veux pas sacrifier ma relation avec toi pour Adam, avouai-je.

— Tu ne sacrifies rien, Margaux. On est amis, on le sera toujours. Mais tu dois… prendre ton envol, expliqua-t-il. C'est comme pour le patinage, je t'ai aidée au début, mais je comprends maintenant que tu sais glisser parfaitement sans moi.

— Pourquoi ça sonne comme des adieux ? l'interrogeai-je.

— Aucun adieu. Mais nous avons besoin de prendre de la distance, Margaux.

Mon cœur battait la chamade, et je détestai qu'on soit en public pendant cette conversation. Je ravalai la boule de peine qui obstruait ma gorge. J'avais l'estomac retourné, et mon meilleur ami n'était pas là pour me consoler.

— Pourquoi tant de précipitation ? demandai-je dans un filet de voix à peine audible.

— Pas de précipitation, Margaux. C'est dans l'ordre des choses. Je serai toujours là pour toi, Margaux, mais je ne veux pas être celui qui te prive d'une partie de ta vie. La bonne nouvelle, c'est que tu n'auras plus à te farcir les soirées du club, ajouta-t-il avec un large sourire.

Il fourra les mains dans ses poches, et son regard dériva derrière moi, quelque part en direction du bar et du buffet.

— Ce n'était pas si dramatique ! répondis-je avec un rire forcé.

— Crois-moi, j'ai conscience du sacrifice que je t'ai demandé à chaque fois. L'an dernier, tu as fini avec les pieds en sang, et j'ai dû te porter jusque chez toi.

— Escarpins trop petits, ce n'était pas ta faute.

— Peu importe. Te faire venir à ces soirées juste pour me sentir moins seul est un peu égoïste. Je suis un grand garçon.

— Rocket ! Te voilà !

La voix du coach nous fit presque sursauter. Je pivotai pour faire face à ce dernier, me postant près de Logan. Mon meilleur ami sortit les mains de ses poches et grommela un juron. Il allait devoir faire une petite et exaspérante séance de relations publiques : serrer quelques mains, se laisser prendre en photo avec un air ravi, signer des autographes pour une palanquée d'enfants ou promettre de donner son prochain palet.

— Bonsoir Margaux, me salua le coach avec un sourire aimable.

— Bonsoir, je vais aller nous chercher deux coupes de champagne, dis-je pour prendre la fuite.

— Traîtresse, chuchota Logan en rétrécissant le regard.

— Rocket, je voulais te présenter le représentant d'un de nos nouveaux sponsors majeurs, notamment pour la prochaine saison, entendis-je le coach dire, alors que je m'éclipsai vers le bar.

Je commandai nos deux coupes, parvins à éviter deux membres de l'équipe et leur humour douteux, hochai la tête en direction de Marcus et, visant le coach et un homme près de lui – le fameux sponsor –, je rejoignis Logan.

Je lui tendis son verre et alors que j'allais offrir mon plus beau sourire au coach et au nouveau sponsor de l'équipe, le souffle me manqua. Je faillis lâcher ma coupe, tandis que Logan, hermétique à mon malaise, me présentait.

— Margaux, je te présente Adam Servier, qui représente la société Fresh & Good.

— On se connaît, je crois, dit Adam en souriant en prenant ma main pour en embrasser délicatement le dos.

— Vous vous connaissez ? fit le coach, très surpris.

Je tournai mon visage de cendres vers Logan, qui, maintenant, emboîtait les pièces du puzzle.

— Ravie de te voir, répondis-je d'une voix blanche.

Je me réfugiai dans mon verre, sentant une vague de tension puissante déferler sur notre minuscule groupe. J'envisageai la possibilité de me planquer sous le buffet, comme une gamine de cinq ans, et d'attendre la fin de la soirée – ou la fin de l'année – pour en sortir.

— Tu es la meilleure surprise de cette soirée, fit Adam en plantant ses yeux sombres dans les miens.

Sans blague.

Chapitre 11

De toute ma vie, je n'avais jamais entendu quelqu'un rire aussi fort que Marcus. Accoudé à son bar encore vide, je revivais ma soirée désastreuse de la veille, accompagné par Arthur, le kiné du club.

— C'est ma tournée, annonça Marcus, en déposant trois verres à vodka sur le bar. Fais comme si c'était ton cadeau de Noël !

— Donc cet Adam est le mec de Margaux et le nouveau sponsor de l'équipe ? résuma Arthur.

— Ce n'est pas encore son mec, corrigeai-je.

— Mais ce n'est qu'une question de temps, appuya Marcus en remplissant nos verres à ras bord.

Dans un mouvement parfaitement réglé et synchrone, nous nous emparâmes de nos verres et nous les vidâmes aussitôt. La brûlure de l'alcool me fit grimacer, mais ne m'aida pas à remonter le moral. Je ne savais même pas pourquoi j'étais si miné par la situation : j'étais parvenu à garder mes distances avec Margaux et à lui faire comprendre qu'elle devait vivre sa vie sans moi. C'était ce que je voulais.

Je voulais partir en me disant que Margaux était heureuse et libre. Et maintenant, qu'elle soit potentiellement heureuse sans moi et animée par cette fameuse liberté me collait un début de migraine.

— Tout ça n'est qu'une question de timing, assura Arthur, près de moi.

— De timing ?

— Eh bien, si tu avais enfin ouvert les yeux sur ta relation avec Margaux, tu ne serais pas ici à te morfondre en l'imaginant au lit avec ce mec.

— Au lit ? répétai-je.

Dans l'instant, un flot d'images atroces, mettant en scène Margaux et Adam entre des draps de satin blanc, m'apparurent. Goûter uniquement ses lèvres avait été une véritable frustration. Mais maintenant que je savais à quoi ressemblait cet Adam que j'avais tellement imaginé, ce souvenir était une torture.

— Margaux est juste une amie, dis-je pour ce qui me semblait être la millième fois.

— Une amie sexy, souligna Marcus.

Arthur hocha la tête en guise d'approbation, pendant que je plongeai ma tête entre mes mains. J'avais un entraînement dans vingt minutes, et j'avais plus envie de vider cette bouteille de vodka que de réaliser une des improbables combinaisons du coach.

— Donc, reprit Arthur, tu rencontres ce mec, tu réalises que c'est le mec…

— Pas encore, intervins-je, agacé.

— Potentiel mec, corrigea-t-il dans un rire, de Margaux. Et ensuite… tu as fait quoi ?

— Rien. On a parlé hockey avec Margaux et le coach et… c'est tout. Adam l'a raccompagnée chez elle, et je suis rentré chez moi.

Arthur et Marcus échangèrent un regard, avant d'éclater,

à nouveau, d'un rire tonitruant. Je tapai le verre à vodka contre le zinc, quémandant une nouvelle salve d'oubli. Marcus me resservit, et je me redressai sur mon tabouret, prêt à affronter leurs sarcasmes.

— Qu'y a-t-il de si drôle ? demandai-je.

— Toi, évidemment, répondit Arthur.

— Tu as Margaux, cette fille sublime, et je t'assure qu'elle était sublime hier soir, précisa-t-il à l'intention d'Arthur. Franchement, si j'avais l'ombre d'une chance, j'aurais tenté de lui soutirer son numéro.

Je levai mon regard furieux vers Marcus, prêt à en découdre.

— Tu vois ? C'est exactement pour cette raison que je n'ai jamais rien tenté avec Margaux. Ni hier soir ni tous les autres soirs.

— Quelle raison ? demandai-je.

— Le fait que tu es probablement en train d'imaginer trente façons différentes de me tuer.

— J'en suis à l'écartèlement, ironisai-je, et je n'ai pas encore balayé toutes les possibilités qu'offre l'exsanguination.

Arthur laissa échapper un rire, pendant que Marcus me dévisageait, un peu effrayé. Je ris à mon tour, ravi d'oublier pendant quelques secondes mes états d'âme. Pourtant, ils revinrent au triple galop, entre Margaux, mon départ du club, Adam et le foutu mariage de Lison prévu d'ici quelques jours.

— Tu réalises qu'il l'a sûrement embrassée ? fit Arthur, très sérieux.

— Embrassée ? Quoi ? Comment ? m'agitai-je.

— Eh bien, il l'a ramenée chez elle, ils ont certainement discuté un peu dans la voiture, commença-t-il.

— Et il a fini par ouvrir sa portière pour la raccompagner jusqu'à sa porte, continua Marcus.

— Et là, devant la porte, en pleine nuit, sous une pluie de petits flocons, il l'a embrassée, termina Arthur. En tout cas, c'est ce que j'aurais fait, si j'avais été à sa place.

Mon regard passa de Marcus à Arthur. Alors que j'avais imaginé trouver un poil de réconfort et deux paires d'oreilles bienveillantes, Marcus et Arthur ne faisaient que poser des mots sur mes pires craintes. Leur scénario était plausible. Après tout, Margaux était superbe hier soir, et Adam n'avait pas besoin de mon autorisation pour fondre sur sa proie.

Et surtout, l'attirance entre eux était réciproque et durable.

Imaginer Adam enlacer Margaux et l'attirer contre lui me donnait envie de lui arracher les yeux pour les porter en pin's.

— Je l'aurais fait aussi, continua Marcus. Qu'est-ce qui te retient au juste ? me demanda-t-il, curieux.

— C'est ma meilleure amie, Marcus. Je tiens à notre amitié, c'est sûrement la plus belle chose qui me soit arrivée.

— On peut être amis et… avoir une relation, intervint Arthur.

— On peut. Et à la première dispute, on perd tout. Je refuse de perdre mon amitié avec elle. C'est trop risqué.

— Donc tu préfères la perdre tout court ? reprit Marcus.

Il me servit une nouvelle rasade de vodka. Mon entraînement allait être désastreux. Arthur, encore habité d'une once de professionnalisme, fronça les sourcils, un peu inquiet. Pour la première fois de ma vie, le hockey était secondaire. Je me fichai d'aller patiner, de marquer des buts ou de récupérer des protège-dents. Je voulais juste me morfondre à ce bar et laisser l'alcool m'aider à oublier Margaux et Adam.

Et leur potentiel baiser.

Et leur dîner de ce soir.

Et la suite de leur dîner, le fameux dernier verre et une nuit débridée.

J'avalai mon verre d'un trait, ravalant un gémissement de frustration.

— Tu vas la perdre, reprit Arthur.

— Pour Adam ? lui demandai-je.

— Lui ou un autre. Mec, elle vient à tes entraînements, elle vient à tes matchs, elle se farcit les soirées du club, elle te connaît par cœur…

— Elle rit de tes blagues, ajouta Marcus. Vous êtes peut-être amis, mais il y a certainement autre chose. L'un de vous deux doit réagir, sinon vous finirez par ne même plus être amis.

— Elle pourrait finir avec un hockeyeur, ironisa Arthur.

— Adam est hockeyeur, ripostai-je. Enfin, il l'a été apparemment. Sûrement un défenseur à la con, qui attend patiemment à l'arrière que le palet vienne à lui sans rien faire, grognai-je.

Arthur et Marcus échangèrent un regard, avant d'éclater de rire à nouveau. La migraine commençait à me tenailler le crâne, et leurs rires tonitruants ne faisaient rien pour m'aider. Je finis par descendre du tabouret, décidé à rejoindre la patinoire et à oublier les sarcasmes de mes prétendus amis.

— Logan, ne te fâche pas ! lança Arthur alors que je m'apprêtai à franchir la porte.

— Allez vous faire foutre ! criai-je en quittant le bar.

La courte distance entre le bar et la patinoire ne me permit pas de m'éclaircir les idées. Au contraire, mon imagination galopante avait pris le dessus : après la nuit débridée s'affichait en accéléré le futur de Margaux et d'Adam.

Une nuit, puis plusieurs.

Des sorties communes, une vie ensemble. Un appartement ensemble. Leurs noms côte à côte sur la boîte aux lettres. Leurs voix associées sur un répondeur téléphonique. Une crémaillère où ils apparaîtraient enlacés et amoureux. Une bague à son annulaire. Une robe blanche. Une lune de miel et deux enfants et demi.

C'était un cauchemar dans lequel, peu à peu, je disparaissais, impuissant et malheureux.

— Tu es en retard, beugla mon coach en me voyant arriver.

Je me contentai de hocher la tête. J'étais suffisamment près de lui pour qu'il devine, à mon haleine chargée, que je n'étais pas franchement en état d'enfiler des patins affûtés comme des lames.

Mon équipe était déjà en plein échauffement, pendant que je gagnais les vestiaires pour me changer. Je fis de mon mieux pour canaliser ma concentration sur mon entraînement mais, malgré tout, ma conversation animée et décousue avec Marcus et Arthur me hantait.

Dans le fond, même si ça me faisait mal de l'admettre, je savais qu'ils avaient raison sur un point : un jour ou l'autre, j'allais finir par perdre Margaux. Peut-être pas totalement, peut-être lentement mais, comme je lui avais dit, elle devait faire de la place pour quelqu'un d'autre.

Quelqu'un d'autre. Ce seul petit mot me retournait l'estomac et me donnait envie de fracasser le mur en face de moi.

— Logan ?

La voix de Margaux me fit sursauter. Torse nu, seulement habillé de mon jean, je me relevai du banc sur lequel j'étais assis.

— Le coach t'a autorisée à rentrer dans les vestiaires ? demandai-je, très surpris.

— Pas vraiment. Mais je t'ai vu arriver en retard et j'ai resquillé.

Elle serra les bras autour d'elle, sûrement pour se réchauffer, et avança dans ma direction. Je balayai les vestiaires rapidement du regard, m'assurant qu'on soit seuls. Je regrettai maintenant d'avoir forcé sur la vodka. J'aurais préféré avoir l'esprit clair.

— Tu ne devais pas dîner avec Adam ce soir ? demandai-je.

— On y va après l'entraînement. Il est déjà ici, en rendez-vous.

— Ah, ce fameux rôle de sponsor, sifflai-je, pas ravi.

— Oui. Je l'ai appris en même temps que toi. Ça ne me réjouit pas non plus, admit-elle.

Elle était juste devant moi, avec une robe que je n'avais encore jamais vue, en laine bleu nuit et au décolleté sage. Avec ses bottines, elle gagnait quelques centimètres.

— Ça me fait bizarre, continua-t-elle. Qu'il soit sponsor de ton équipe. Comme si deux parties de mon monde se percutaient.

— Ça te fera une passion commune avec Adam, lui fis-je remarquer.

— J'en aurais préféré une autre. Le hockey, c'est notre passion commune à nous.

Elle réduisit encore l'espace entre nous, m'empêchant presque de respirer. J'étais partagé entre fascination – Margaux était à tomber – et jalousie – cette tenue n'était pas pour moi. Je sentais à nouveau cette électricité crépitante entre nous, la même que celle que j'avais sentie dans la voiture avant de l'embrasser, associée à une légère tension.

— Tu devrais partir, dis-je à voix basse.

— Pourquoi ?

— Parce que tu ne devrais pas être là. Et parce que tu dois aller dîner avec Adam.

Et parce que j'étais en train de céder. Ma volonté s'effritait sous mes yeux, et je n'avais plus la force de me convaincre que ce que je ressentais pour Margaux n'était que de l'amitié. Parce que le désir qui roulait dans mes veines et qui faisait picoter ma peau me hurlait l'inverse.

— Avant, j'ai besoin de savoir, répondit-elle.

— Savoir quoi ?

— Si je dois vraiment embrasser Adam ce soir.

L'image de cet hypothétique baiser me glaça. Margaux avait ses yeux plongés dans les miens, et tous mes arguments, toutes mes bonnes raisons de l'encourager avec Adam semblèrent s'effondrer comme un château de cartes. Je ne voulais pas qu'elle sorte avec ce type.

Ni ce soir ni jamais.

— Si tu en as envie, il…

— Ce n'est pas ce que je voulais dire, Logan, me coupa Margaux.

Prudemment, elle posa une de ses mains froides sur mon torse nu. Je réprimai un frisson et échangeai un sourire avec Margaux.

— J'ai les mains gelées, murmura-t-elle.

— Je suis hockeyeur, j'ai l'habitude du froid. Et là, ajoutai-je en me penchant vers elle, ce n'est pas le froid.

Un agréable silence nous enveloppa, pendant lequel il me semblait que j'entendais mon cœur vrombir dans ma poitrine. Margaux baissa les yeux, et sa main glissa jusqu'à mes côtes. Je tentai de rester stoïque, mais mon corps me trahissait. J'étais nerveux, excité, heureux et anxieux. Tout à la fois, dans le désordre et à des niveaux jamais atteints. Je me penchai à nouveau vers Margaux, mes lèvres effleurèrent la peau fine de son cou. Elle laissa échapper un soupir, et sa respiration s'accéléra.

Mes gestes étaient hésitants, et j'avais l'impression d'être au ralenti.

— Margaux, je ne vais pas regretter ce baiser. Je veux juste être certain que tu ne le regretteras pas, toi non plus.

— Logan, s'il te plaît, murmura-t-elle.

— On est en train de ruiner notre amitié, lui rappelai-je.

Margaux s'écarta légèrement, me faisant douter pendant un court instant. Mais son sourire lumineux parlait pour elle. Incapable de me retenir de la toucher, je repoussai une de ses mèches de cheveux, conscient que la fameuse corde raide sur laquelle je tentai de garder l'équilibre était en train de céder, incapable de soutenir le désir brûlant que je ressentais pour Margaux.

— La ruiner ? répéta-t-elle.

— La mettre en miettes. L'anéantir. On ne pourra pas rattraper ça, la prévins-je.

C'était un aller simple pour une destination encore inconnue, mais déjà grisante. Mais je savais que, dans tous les cas, nous ne pourrions jamais retrouver notre amitié actuelle. Ce baiser allait laisser des traces et brûlera tout sur son passage.

— On devrait le faire alors, murmura Margaux. J'ai toujours eu un goût prononcé pour la destruction et le chaos.

L'instant suivant, mes lèvres fondirent sur les siennes. Margaux étouffa un gémissement, sûrement surprise par mon empressement. J'entourai sa taille de mes bras, la serrant étroitement contre moi, décidé à ne laisser personne s'interposer entre nous. Lentement, je la repoussai contre la rangée de lavabos, l'emprisonnant pour de bon. Margaux se hissa sur la pointe des pieds et noua ses bras autour de ma nuque, et nous nous perdîmes dans notre baiser.

Mes mains trouvèrent ses hanches, avant de remonter doucement vers ses côtes. Ma langue trouva l'accès à sa bouche, et j'approfondis notre étreinte, ne lui laissant aucune chance de prendre le dessus. Les mains fraîches de Margaux glissèrent dans mon dos, comme si elle cherchait à se cramponner à moi.

J'avais envie d'elle. Ici. Maintenant. Sans réflexion aucune, juste pour évacuer toute la frustration entremêlée de désir que je ressentais depuis plusieurs jours. Aussi, après avoir libéré ses lèvres, je la soulevai, balayai les serviettes sagement pliées près du lavabo et fis asseoir Margaux à la place.

Je me faufilai entre ses jambes, mes mains caressant ses cuisses et repoussant encore un peu plus sa robe. Ma bouche retrouva son cou, aspirant sa peau entre mes dents pour la marquer. Margaux se cambra, me laissant faire, murmurant mon prénom entre deux gémissements de plaisir.

— Même si j'en meurs d'envie, je ne veux pas te faire l'amour ici, chuchotai-je.

Margaux s'écarta doucement de moi, ses cheveux emmêlés, ses joues écarlates et ses lèvres entrouvertes, à la recherche d'un second souffle.

— Pourquoi pas ? haleta-t-elle.

— Parce qu'on risque d'être surpris. Et je n'ai pas spécialement envie de voir surgir toute l'équipe pendant que je déchire tes collants.

Je collai mon front contre le sien et mêlai nos souffles erratiques. Je posai à nouveau mes lèvres contre les siennes, l'embrassant plus tendrement. Ses mains sur mon torse, elle devait sentir mon cœur battre à un rythme effréné.

— Et tu ferais quoi après ? demanda-t-elle, en se mordant les lèvres, un peu embarrassée.

— Après les collants ?

Elle hocha la tête, toujours très intimidée. Des mains, je repoussai encore sa robe, laissant mes mains prendre connaissance de ce nouveau et prometteur territoire. À mon toucher, Margaux frémit, mais garda ses yeux rivés aux miens, comme pour mieux me provoquer.

— J'imagine que je devrais te retirer ta robe. Puis tout le reste. Et ensuite, bien sûr, je te garde chez moi tout le week-end.

— Nue ?

— Évidemment. Au besoin, je peux te passer quelques maillots ou un vieux pull qui fera office de robe.

Les mains sur mes joues, elle attira mes lèvres contre les siennes et m'embrassa sensuellement. Son baiser était rempli de promesses et de désir. Avec précaution, je l'enlaçai pour la faire descendre.

— On fait quoi maintenant ? demanda-t-elle en relevant les yeux vers moi.

— J'interromps quelque chose ?

Margaux fit un bond en arrière, me rappelant la fois où je l'avais surprise en train de fouiller dans le portefeuille de son frère pour financer une sortie au cinéma. Sauf que, cette fois, elle n'avait commis aucune faute. Pourtant, à la voir, yeux baissés et joues rougies, elle exsudait la culpabilité. Je pivotai vers la voix en question.

Sans surprise, Adam se tenait dans l'embrasure de la large porte du vestiaire, bras croisés et torse bombé comme s'il était prêt à en découdre. Il ne m'impressionnait pas.

— Oui, répondis-je, agacé. Et je n'aime pas vraiment être interrompu, ajoutai-je froidement.

Adam fronça les sourcils. Il masquait très mal sa contrariété. Ou alors, peut-être qu'il imaginait que, en tant que sponsor, j'allais faire profil bas pour préserver ma carrière et éviter les choux gras de la presse. Aucune chance. D'une part, je me fichai de ce qu'il pouvait penser ou dire de moi ; d'autre part, Margaux passait avant tout le reste.

Y compris avant ma carrière. Et surtout avant ce type.

— Il me semble qu'on t'attend pour l'entraînement, continua Adam.

— Eh bien, on va m'attendre.

— Logan, tu devrais y aller, m'encouragea Margaux, de plus en plus mal à l'aise.

— Pas tant que nous n'avons pas fini cette discussion.

— Parce que vous discutiez ?

La question d'Adam fut suivie d'un petit rire sarcastique de sa part. Il me provoquait et revendiquait un territoire qui était loin de lui appartenir. Margaux, fébrile, ajusta sa robe et passa la main dans sa chevelure. Je détestais de plus en plus ce mec. Il nous avait interrompus et se permettait en plus d'être désagréable.

— On discutait, oui. Et vous n'étiez pas vraiment concerné par cette conversation.

— Il me semble au contraire que je suis plutôt concerné et que cette discussion pourrait être très instructive. Tu ne trouves pas, Margaux ?

— On devrait sortir d'ici, proposa-t-elle. Logan, tu as un entraînement. Adam, on peut aller en gradins.

— Et votre conversation ? ironisa-t-il.

— Elle peut attendre, murmura Margaux.

Elle me jeta un bref coup d'œil, espérant une sorte d'approbation. Évidemment que cette conversation pouvait attendre. Mais je voulais l'avoir maintenant, je voulais être certain qu'elle n'irait pas dîner avec Adam, qu'elle ne l'embrasserait pas sur le pas de la porte et qu'elle ne finirait pas avec une bague de mauvais goût au doigt.

Margaux pressa doucement ma main, comme pour me faire une vague promesse. Un sourire victorieux se dessina sur les lèvres d'Adam, attisant ma colère. Par réflexe, je retins Margaux, la forçant à me regarder dans les yeux.

— Tu vas dîner avec lui ? l'interrogeai-je, avant de la libérer.

Je me fichai de ce dîner. Mais je voulais qu'elle choisisse. Mieux, je voulais qu'elle assume. On venait de s'embrasser. Ce n'était ni chaste ni innocent. C'était dévastateur et brûlant, bien loin de l'ambiance glaciale qui régnait dans ce vestiaire. Sans l'irruption d'Adam, j'aurais fini par tenter une exfiltration irrégulière par la sortie de secours.

— En roulant vite, on peut être chez moi en moins de quinze minutes.

— On finira cette conversation, répondit-elle. Je t'en prie, Logan, va à ton entraînement, tu as une carrière.

— Tu crois qu'il me fait peur ?

— Bien sûr que non. Mais si tu veux continuer à faire du hockey et à avoir une carrière, tu ne peux pas te mettre à dos un sponsor majeur et ton coach. Il peut te coller dans le box des remplaçants jusqu'à la fin de la saison.

— À ma connaissance, Rocket, tu n'es pas si irremplaçable que ça. Alex me semble aussi bon que toi, intervint Adam.

Cette nouvelle provocation intempestive me tendit encore plus. Je lui lançai un regard sombre et menaçant, ravalant mon envie de le frapper. Pourtant, ce mec méritait mille fois que je lui arrache les dents une à une.

— Mon entraînement finit dans deux heures, tu veux qu'on aille dîner ensuite ? demandai-je.

— Va à ton entraînement, Logan. On aura tout le temps de dîner une autre fois.

— Ce n'est pas ce que je voulais dire.

Ces mots dans ma bouche lui tirèrent un large sourire. En une seconde, je retrouvai mon lien puissant et complice avec Margaux. Aucun Adam, aucun entraînement, aucun dîner ne pouvait me voler ça. Délicatement, Margaux posa la main sur mon torse nu et, parce que j'étais un mec puéril, à l'ego aussi massif que cette patinoire et parce que j'aimais le goût suave de la victoire, je ne pus retenir un sourire satisfait. Il s'élargit davantage, quand je posai la main sur celle de Margaux et que je captai le regard furieux d'Adam.

— On se voit plus tard, murmura Margaux.

Elle quitta le vestiaire, la tête baissée, honteuse, alors que je n'étais que fierté et fanfaronnade. Adam demeura près de la porte, m'observant tandis que je m'habillai pour l'entraînement. À croire qu'il s'assurait que Margaux ne fasse pas demi-tour.

— J'avais compris que vous étiez amis, lâcha-t-il finalement alors que je laçai mes patins.

— Je crois que ça ne vous regarde pas vraiment.

— Je n'ai pas l'habitude qu'on marche sur mes plates-bandes.

— Moi non plus. Et là, vous êtes dans mon vestiaire.

Je me redressai, désormais plus grand d'une dizaine de centimètres avec mes lames. Mon casque à la main, je m'approchai d'Adam. Mon visage à quelques centimètres du sien, je risquai un sourire. Il eut un léger geste de recul et, là encore, mon ego se gonfla.

— Margaux m'a dit que vous aviez fait du hockey ? l'interrogeai-je.

À voir le sourire satisfait qui s'étirait sur ses lèvres, je compris que l'ego d'Adam était en train de concurrencer le mien. Il était suffisamment intelligent pour voir où je voulais en venir, mais trop stupide pour ne pas comprendre que j'allais m'en servir comme cible. Sponsor, adversaire, c'était sans importance. Sans dents, avec un nez cassé et quelques bleus, son dîner avec Margaux sera bien compromis.

— J'ai une tenue supplémentaire dans mon casier, avec des patins. Si ça vous dit…

Il leva un sourcil, comme pour mesurer les implications de ma proposition. J'enfilai mon casque, mordis mon protège-dents et le gratifiai d'une tape bourrue sur le bras. Je savais reconnaître les types comme moi : ceux qui ne laissent pas faire, ceux qui aiment gagner, ceux qui ne refusent jamais un défi.

Adam et moi n'étions pas si différents. Mais il voulait Margaux, et j'avais l'audace de penser qu'elle me voulait moi.

— On se retrouve sur la glace ? lui demandai-je.

Quand je quittai le vestiaire, Adam louchait déjà sur mon casier. J'étouffai un rire, tout en avançant à grandes enjambées vers la patinoire.

— Le plus beau protège-dents de ma carrière, murmurai-je pour moi.

Chapitre 12

Il faisait un froid glacial à la patinoire. Les sièges en plastique étaient aussi froids que des cubes de glace. Pourtant, après ma rencontre avec Logan dans les vestiaires, j'étais loin d'avoir froid. Au contraire, il me suffisait de fermer les yeux et de repenser à ce baiser – ces baisers ? – incandescent pour être enveloppée par une douce chaleur.

Et pour affronter le flot d'images érotiques que mon cerveau savait générer en un millième de seconde. Ses mains sur mes cuisses, la vibration de sa voix, son corps musclé contre le mien… On aurait certainement fait fondre la patinoire si on avait continué. J'en voulais plus. Je le voulais lui. Et même si nous étions amis depuis des années, chaque minute de cet entraînement allait me sembler des heures.

La silhouette de Logan apparut sur la glace, félicité pour son retard par ses coéquipiers. Je captai clairement le regard d'Alex sur moi, et, d'instinct, je masquai le suçon magistral qui ornait mon cou. C'était clairement une preuve de ma culpabilité dans le retard de Logan… et surtout, un chemin tout tracé vers des sous-entendus graveleux. Je me contentai d'un hochement de tête pour le saluer.

Je jetai un coup d'œil vers le couloir menant aux vestiaires. J'allais devoir reprendre mes esprits rapidement : Adam allait réapparaître et ne manquerait pas de me demander des explications. Notre dîner était mort dans l'œuf : il avait assez de bon sens pour comprendre ce qu'il s'était passé dans les vestiaires et suffisamment de fierté pour ne pas tenter sa chance avec moi.

Enfin, c'était ce que j'avais imaginé.

— Adam ?

Sur la glace glissait une silhouette grande et charpentée, arborant un maillot au nom de Logan. Je tournai la tête en tous sens, cherchant Adam dans le couloir, puis dans les gradins, avant d'envisager de l'appeler pour être certaine qu'il était quelque part… mais pas sur la glace.

Sous mes yeux, je vis le coach sourire largement et hocher la tête, sûrement pour l'autoriser à participer à l'entraînement. Je parvins à capter le regard de Logan. Il pétillait de malice. De la vraie malice, au sens premier du terme : Logan n'allait pas lui laisser l'ombre d'une chance.

L'équipe se sépara en deux clans et, quelques minutes plus tard, autour du rond central, Adam et Logan se faisaient face, prêts à se disputer le palet.

J'étais paniquée. Adam était tout de même le meilleur ami de Pierre, et cette confrontation risquait de ternir mes relations avec lui. Sans parler du mariage prévu la semaine prochaine : si Adam apparaît sur les photos avec un nez cassé, ça fera mauvais genre.

— Tu m'expliques ?

Je fis un bond sur ma chaise et posai la main sur la poitrine pour me calmer. Près de moi, Arthur fixait la glace, tentant de comprendre la situation.

— Logan est sur la glace, marmonnai-je.

— C'est ce que je vois et… Putain, c'est Adam Servier ? s'étrangla-t-il.

— Je... Oui. Je... Enfin, on devait se rejoindre ici pour dîner ensemble ensuite.

Je me tordis les mains, songeant à la manière dont nos plans avaient radicalement changé, en très peu de temps. Ma vie même venait de prendre un spectaculaire et plaisant tournant.

Un coup de sifflet résonna dans l'enceinte de la patinoire, et nous nous tûmes, à la fois inquiets et fascinés par ce qui allait se passer. Pour une fille qui aimait le chaos et la destruction, j'étais servie.

— Est-ce que je dois demander le pourquoi du comment de ce combat de coqs ? questionna Arthur.

— À ton avis ? répondis-je, mal à l'aise.

— Merde. Parce que toi et Logan...

— Tu crois que je devrais aller les séparer ? m'inquiétai-je.

Devant nous, Logan s'emparait déjà du palet et fonçait jusqu'au but adverse. Derrière lui, Adam patinait aussi vite que possible, laissant sa crosse glisser sur la glace dans le but de récupérer le palet et, accessoirement, de faire tomber Logan.

Je cachai le visage dans mes mains, sentant une vague de culpabilité me submerger. C'était ridicule d'en arriver là. Je me doutais que Logan avait dû provoquer Adam, dans le secret espoir de le ridiculiser et de lui laisser quelques souvenirs marquants de leur rencontre.

— Logan va se faire virer, marmonnai-je, défaite.

— Ne t'en fais pas pour lui.

Quand mes yeux se portèrent à nouveau sur la patinoire, Logan slalomait entre les joueurs de l'équipe adverse, avec une fluidité et une rapidité inouïes. Le coach se fendit d'un applaudissement d'encouragement, avant que le palet file à toute vitesse dans le filet opposé.

Logan leva les bras au ciel, félicité par ses coéquipiers, avant de rejoindre le centre de la patinoire pour la remise en jeu. Contrairement à ses habitudes, il ne leva pas les yeux vers moi. Il savait que je n'allais pas approuver.

La remise en jeu fut encore plus disputée que la première. En moins de dix secondes, Adam, en possession du palet, se retrouvait coincé contre le plexiglas par un Logan féroce et déterminé. Il le relâcha quelques secondes, satisfait, pour mieux l'écraser une seconde fois, faisant trembler toutes les vitres. Ce n'était plus Logan, c'était Rocket, avec son énergie et sa ténacité légendaires.

— Je devrais peut-être aller chercher du pop-corn, proposa Arthur en étouffant un rire.

— Ramène plutôt une trousse de secours.

— Ils sont grands, Margaux. Laisse-les faire.

— Logan est surentraîné et fait sûrement dix kilos de plus, rien qu'en muscles. Adam n'a aucune chance.

— Personne n'a dit que c'était équitable. Mais entre Logan qui prend un malin plaisir à le frotter contre le plexi et Adam qui a accepté de l'affronter, je ne sais pas lequel des deux est le plus crétin !

C'était comme voir un accident sur la route : je savais que je ne devais pas regarder, que cela finirait en carnage, mais je ne pouvais pas m'empêcher de relever les yeux vers la glace. À chaque coup, à chaque heurt ou à chaque cri que j'entendais, je frémissais de peur. Malgré tout, je ne parvenais pas à me lever et à quitter les lieux.

Pendant quelques secondes, un silence incongru régna dans la patinoire. Sur la glace, Logan et Adam étaient allongés. Du moins, Logan était allongé sur Adam et semblait s'amuser à l'empêcher de se relever. Arthur grimaça, et j'entendis le coach hurler pour que Logan le libère.

— Il n'y en a plus pour longtemps, dit-il.

— Et tu sais ça, parce que…

— L'arcade sourcilière d'Adam saigne. Le coach ne va pas le laisser se vider de son sang, ça reste un sponsor.

Une nouvelle remise en jeu s'organisait. À nouveau, Adam et Logan s'affrontaient. Si Logan avait toujours sa stature imposante et son attitude volontaire, Adam était plus voûté et en retrait. Physiquement, ce dernier n'allait pas tenir longtemps. Le hockey était un sport bien trop éprouvant pour s'y lancer à l'aveuglette, même en ayant déjà un peu pratiqué.

— Pourquoi font-ils ça, au juste ? demandai-je à Arthur.

— Tu es un sacré lot, Margaux.

Je me tournai vers lui, estomaquée. Ce n'était pas tant le fait qu'il parle de moi comme une marchandise – quoique… –, mais qu'il suppose que ce petit duel violent et puéril n'était que pour m'impressionner me faisait encore plus culpabiliser.

— Qu'est-ce que tu croyais ? m'interrogea Arthur.

— Je croyais… Bon sang, je croyais qu'il jouait juste pour le plaisir de se coller des pains !

— Pains qu'ils se collent parce que… Eh bien, oui, quoi, tu es un putain de lot, Margaux. Et vu que tu n'étais pas vraiment disponible, ça ne faisait qu'attiser…

— Pas vraiment disponible ? répétai-je, ahurie.

— Logan était là, répondit-il en haussant les épaules. Tous les mecs gardaient leurs distances.

Sur la glace, Adam se faisait à nouveau écraser contre la vitre en plexiglas, son visage bien visible des gradins. Nous fîmes une grimace, entre peur pour la pérennité de ses dents et inquiétude pour une potentielle commotion cérébrale.

— De toute évidence, continua Arthur, Adam n'avait pas eu le mémo te concernant.

Après un ultime but, marqué par Logan, et à mon grand soulagement, le coach siffla la fin de cette partie heurtée. En quelques secondes, je dévalai les escaliers, suivie par Arthur, et retrouvai Logan et Adam à la sortie de la glace.

— C'était vraiment nécessaire ? demandai-je à Logan et Adam.

— Non. Mais c'était jouissif, se réjouit Logan en retirant son casque et son protège-dents.

Adam marchait péniblement et s'affala sur le premier banc qu'il vit. Je l'aidai à retirer son casque, et il recracha son protège-dents en gémissant de douleur. Entre son arcade abîmée, une abrasion visible sur la joue et sûrement une collection de bleus sur tout le corps, je ne savais même plus si je pouvais l'approcher sans qu'il geigne.

Du coin de l'œil, je vis Arthur ramasser le protège-dents et le lancer à mon meilleur ami. Je secouai la tête : parfois Logan agissait comme un gamin de dix ans. Il pouvait être incroyablement immature, pour ensuite, l'instant suivant, m'enlacer et attirer mon dos contre son torse, me faisant oublier même pourquoi il m'agaçait tant.

— On se voit plus tard, murmura-t-il en fourrant son nez dans mes cheveux.

— Rocket, l'entraînement n'est pas fini pour toi ! le prévint le coach.

— Pas tant que tu n'auras pas pris une douche, dis-je en le repoussant gentiment.

Devant moi, une larme de sang, rouge vif, dévalait le visage d'Adam. L'entaille avait l'air profonde, et Adam semblait K-O. Notre dîner n'était définitivement plus à l'ordre du jour.

— Je t'accompagne à l'hôpital, proposai-je à Adam, devant un Logan médusé.

— Rocket ! hurla le coach. On t'attend !

— J'arrive, répondit-il. Margaux, tu vas en avoir pour des heures.

— Fallait y penser avant de le fracasser contre le plexi, Logan.

Il remit son casque, sans masquer sa contrariété, et ravala son protège-dents. Avec Arthur, j'aidai Adam à se relever et à l'amener aux vestiaires. En un temps record, nous parvînmes à le déséquiper et à lui renfiler sa tenue de ville. Nous sortîmes de la patinoire, et Arthur nous dirigea vers sa voiture. Il en sortit une trousse de secours et me donna une compresse pour que je la mette contre la plaie. Je m'installai à l'arrière avec Adam, l'aidant à boucler sa ceinture, tout en maudissant Logan et son impulsivité.

— Et en plus, il neige, marmonna Arthur en démarrant la voiture.

— Génial, on va attendre des heures aux urgences.

— *Tu* vas attendre des heures aux urgences, corrigea-t-il en me jetant un coup d'œil via le rétroviseur. Je retourne à la patinoire pour m'occuper de l'équipe.

— Formidable, râlai-je.

— Margaux ? m'interpella Adam, pâle comme la mort.

Il était avachi sur la banquette, la joue gauche rainurée de sang, un sourire éteint sur les lèvres. Lison allait me tuer pour avoir ruiné ses photos de mariage et, surtout, pour avoir massacré l'ambiance entre les deux témoins que nous étions.

— Tu sais, j'ai gagné, dit-il d'une voix enrouée.

— Amnésie et hallucination : ça ressemble de plus en plus à une belle commotion, commenta Arthur.

— Ce que je veux dire, c'est qu'on va l'avoir notre dîner de ce soir. On fera avec les sandwichs de l'hôpital.

Arthur éclata de rire, pendant que je fixai Adam, stupéfaite. Il avait pris plus de coups en dix minutes que n'importe qui dans toute une vie, et il trouvait encore le moyen de tourner la situation à son avantage.

J'esquissai un bref sourire, songeant aux délicieux et maigrichons sandwichs de la cafétéria de l'hôpital, avec leurs desserts industriels. J'avais déjà accompagné Logan aux urgences, et c'était, systématiquement, de pire en pire.

— On a passé une chouette soirée, hein ? avait dit Logan, en rentrant d'une de ses visites aux urgences avec un œil au beurre noir et un bleu aussi large que ma main dans le dos.

— Six heures d'attente, pour un muffin trop sec et un jambon beurre sans jambon, avais-je ironisé.

— Tu es censée dormir avec moi. Pour les risques de commotion, avait-il ajouté.

— Tu as été inconscient vingt secondes, Logan. Je resterai sur ton canapé.

Il avait eu alors un large sourire, tout en franchissant le seuil de son appartement. Après avoir allumé une des lampes de son salon, il s'était tourné vers moi.

— On était ensemble, Mar'. C'était donc une chouette soirée. Merci d'être venue.

Il m'avait prise dans ses bras, comme il le faisait depuis que nous nous connaissions. Il m'avait embrassée sur le front puis avait foncé sous la douche. J'avais fini par m'effondrer sur le canapé. Jamais je ne le lui avais avoué, mais ces vingt fichues secondes où il était resté immobile sur la glace avaient été les plus longues de toute ma vie.

À y réfléchir, Logan et Adam n'étaient pas si différents l'un de l'autre. Ils aimaient gagner et aimaient le dire. Et apparemment, ils partageaient aussi une passion commune pour le hockey et la nourriture insipide.

— Margaux ? m'interpella Arthur, me sortant ainsi de ma rêverie. La compresse.

— Ah oui, pardon, dis-je en réajustant le morceau de tissu.

— On est presque arrivés, je te dépose et je repars.

Quelques minutes plus tard, sous une averse tourbillonnante de neige, nous parvînmes en effet aux urgences. Évidemment, le cas d'Adam était loin d'être le plus grave. Aussi, nous nous installâmes en salle d'attente. Après deux heures de patience, je cherchai un moyen de tuer le temps.

— Je vais aller nous prendre à manger, proposai-je. Ça nous fera patienter.

— Tu n'es pas obligée de rester, Margaux.

— Vu ton état, je préfère. Et il te faudra quelqu'un pour te raccompagner.

— Logan t'attend sûrement.

— D'habitude, c'est moi qui passe mon temps à l'attendre. Il est temps d'inverser les polarités, répondis-je en me levant. J'espère que tu n'avais pas de grandes ambitions pour ce dîner, parce que la cafétéria de l'hôpital est… désastreuse.

— Prends ce que tu trouves.

À mon retour de la cafétéria, mon maigre butin tira un rire à Adam. Rire qu'il regretta aussitôt, tant son corps était endolori. Je m'excusai à nouveau, tant au nom de Logan qu'en mon nom. Adam balaya mes excuses d'un revers de la main.

— Ça m'apprendra à agir en réfléchissant avec autre chose que mon cerveau.

— Donc, j'ai un fabuleux rosette-cornichon et un splendide thon-mayonnaise. Crois-moi, ces sandwichs sont tout à fait à l'image du sapin qui trône dans le hall de l'hôpital : rachitique et pitoyable.

— Ton expertise de Noël ne fait jamais de pause ? demanda-t-il en riant.

— Jamais. J'aimerais dire que c'est une déformation professionnelle, mais je crois plutôt que c'est une déformation… personnelle. J'adore Noël.

Le souvenir de mon dîner avec Logan me revint en tête : je parvenais à parler de mon métier, sans passer pour une folle furieuse et en restant moi-même. Si on mettait de côté l'hôpital, le sang sur le visage d'Adam et la séance de hockey en violent préalable, c'était exactement ainsi que j'avais imaginé mon dîner romantique avec Adam.

— Je t'assure que ce sapin exigeait de l'aide. Une préférence entre la rosette-cornichon et le thon-mayonnaise ?

— Je te laisse le cornichon, fit-il en s'emparant du sandwich au thon.

— Comment va ta tête ? lui demandai-je, en constatant que le saignement était enfin sous contrôle.

— Mieux que le reste. Mais c'est ma faute. Je suis allé sur la glace, persuadé que je m'en sortirais. Visiblement, face à Logan, je perds à chaque fois.

Je me mordis les lèvres, mal à l'aise. En entrant dans la patinoire ce soir, avec la ferme intention de parler avec Logan, je n'avais pas imaginé que j'aurais cette conversation avec Adam.

On était en train de rompre. Alors que notre relation n'avait même pas commencé. C'était un record. Je laissai échapper un rire nerveux.

— Encore un sapin en détresse à décorer ? demanda Adam.

— Presque. Si on estime que ma vie sentimentale

ressemble au sapin du hall. Tu vas trouver ça stupide, mais ce dîner qu'on devait avoir était très important pour moi, et je réalise maintenant…

— Et tu réalises maintenant que nous n'avions aucune chance ? termina-t-il pour moi.

— Tu me plaisais vraiment, soulignai-je.

— Tu n'as pas à te justifier. De toute façon, je n'étais pas l'être le plus disponible au monde. Mon travail me prend tout mon temps, et je n'ai fait aucun effort quand nous avons dîné avec Lison et Pierre. Mon sort est mérité.

— Et la séance de hockey, c'était pour quoi ?

— T'impressionner. J'ai bien compris, en entrant dans le vestiaire, que Logan et toi… Enfin, que je n'avais plus une chance. Alors quand Logan m'a défié, je ne pouvais pas dire non. Je ne pouvais pas perdre ma fierté et toi en moins de dix minutes.

— Tu as quand même perdu ta fierté, lui fis-je remarquer.

— Oui, mais avec panache. Et, au bout du compte, c'est avec moi que tu passes la soirée ! Enfin, toi et le repas le plus infâme de toute ma vie, précisa-t-il en jetant son sandwich dans une poubelle à proximité.

Je me tordis les mains, hésitant à poser la question qui me brûlait les lèvres depuis que Logan et Adam s'étaient affrontés sur la glace. Vu l'étendue des dégâts, j'étais certaine que Logan allait devoir assumer certaines conséquences.

— Est-ce que… Est-ce que Logan risque de se faire virer de l'équipe ? questionnai-je Adam dans un murmure incertain.

— Je n'aurais pas dû accepter d'aller sur la glace. Par ailleurs, j'aime l'idée d'avoir un attaquant aussi motivé et rapide que lui.

— Adam, tu es quand même le représentant du sponsor, et je suis certaine qu'il y a déjà des vidéos qui circulent.

— Margaux, je ne vais pas punir Logan pour une bêtise que j'assume. Et le virer serait contre-productif pour l'équipe. Je compte sur lui pour gagner le championnat.

— Adam Servier ?

La voix d'un infirmier nous fit nous redresser vivement. À mon tour, j'abandonnai mon repas de fortune et rassemblai mes affaires. Nous suivîmes l'infirmier dans un des box, avant qu'Adam soit examiné par un médecin. Trois points de suture, une ordonnance d'antalgiques, quelques recommandations de repos plus tard et presque cinq heures après notre arrivée, nous quittâmes les urgences.

La neige était tombée en abondance, et les flocons craquaient sous nos pas. Je nous commandai un taxi, priant pour qu'ils circulent malgré la météo. Un coup d'œil à ma montre m'informa qu'il était plus de 1 heure du matin.

— Tu devrais aller retrouver Logan, me recommanda Adam.

— Il est trop tard. Il doit roupiller avec ton protège-dents sur son chevet, plaisantai-je.

— Il doit t'attendre. C'est ce que je ferai à sa place.

— Nous sommes amis depuis des années, je crois qu'il peut encore patienter, répondis-je en faisant un signe au taxi qui arrivait.

— Tu ne comprends pas : vous semblez enfin avoir résolu votre… histoire, et toi, tu pars avec un autre mec, en pleine nuit, à l'hôpital ? Je t'assure qu'il est en train de faire les cent pas dans son appartement à…

— Margaux ?

— Logan ?

Mon meilleur ami était appuyé contre sa voiture, de la

neige parsemée sur sa chevelure, un épais manteau sur le dos. Son regard passa d'Adam à moi, avant de revenir sur Adam. Stupéfaite, je restai muette.

— Le trajet retour était mon ultime chance de briller, et même là, je perds, plaisanta Adam.

— Qu'est-ce que tu fais ici ? demandai-je en le voyant marcher dans ma direction.

— Je me suis dit que j'allais venir vous chercher.

Il se tourna vers Adam, fourrant les mains dans sa poche, et désigna le pansement qui barrait son sourcil.

— Combien de points ?

— Trois, répondit Adam. Un hématome dans le dos et deux côtes fêlées.

— Je suis désolé, s'excusa Logan. J'y ai été un peu fort.

— J'imagine que la mise était à la hauteur de ton engagement.

Il y eut un court silence, pendant lequel je regardais mes pieds, gênée. Logan ravala un rire, tandis que, près de nous, le taxi s'arrêta. J'en étais presque soulagée : exister entre ces deux ego était épuisant.

— La mise était bien supérieure. Elle l'est en permanence, ajouta Logan alors que je relevai les yeux vers lui.

— Je vais prendre le taxi, indiqua Adam, interrompant mon tête-à-tête impromptu avec Logan. De toute évidence, vous n'avez pas besoin de moi.

— On a un match, dimanche, j'espère que tu pourras venir.

— Je resterai dans les gradins. Néanmoins, si je m'assois à côté de Margaux, est-ce que je risquerai de prendre un palet en pleine tête ? s'inquiéta-t-il.

— Tu seras chanceux de n'en prendre qu'un, répondit Logan dans un rire.

Ce dernier lui ouvrit la portière du taxi et donna suffisamment d'argent au chauffeur pour qu'il fasse le tour de la ville au moins trois fois. Après un ultime signe de la main, Adam quitta le parking de l'hôpital, me laissant frigorifiée sous la neige.

— On rentre ? proposa Logan.

— Tu crois que tu vas t'en tirer aussi facilement ? lui demandai-je alors qu'il entourait ma taille de son bras.

À grandes enjambées, il nous dirigea vers son pick-up et ouvrit la portière. Dans l'habitacle, Logan avait installé quelques guirlandes lumineuses qui scintillaient, la banquette était recouverte d'une épaisse couverture en fourrure, et des branches de sapin ornaient le tableau de bord.

— Je pensais m'en tirer avec ça, dit Logan devant mon air ébahi.

La neige tombait toujours, en doux flocons. Le froid persistait, mais je me fichais d'être gelée. C'était adorable et touchant, et je n'arrivais même plus à savoir pourquoi j'étais contrariée par Logan.

— J'ai tapé dans la décoration du mariage, avoua-t-il, posté derrière moi.

— Je vais faire comme si ce n'était pas grave, le rassurai-je en souriant.

— Histoire d'être certain de me faire pardonner, j'ai aussi pris ça.

— Ne me dis pas que tu as ramené du tiramisu ? l'interrogeai-je en me tournant pour lui faire face.

J'éclatai de rire en le voyant tenir un bouquet de gui à bout de bras au-dessus de nos têtes. C'était la révélation de l'année : Logan pouvait se montrer romantique et prévenant. Qu'il le soit avec moi rendait la scène encore plus surréaliste. Logan m'enlaça, et je collai mon visage à son torse, finalement apaisée après cette soirée bien trop mouvementée.

— Désolé pour le tiramisu, murmura-t-il.

— Je ferai sans.

Je relevai le regard vers lui, enveloppée par ses bras, sous la neige, à peine éclairés par les guirlandes clignotantes de sa voiture. Logan repoussa une mèche de mon visage et caressa ma joue du bout des doigts.

— Dommage, j'en ai fait venir spécialement pour toi.

— Qui êtes-vous et qu'avez-vous fait de mon meilleur ami ?

— Il essaye d'être à la hauteur.

— Vraiment ? demandai-je avec un sourire.

— Non, admit-il en me repoussant gentiment vers la voiture.

Quand mon dos heurta la carrosserie, la main de Logan était dans mon cou. J'avais le souffle court, et mon cœur manqua un battement quand ses yeux se braquèrent sur mes lèvres. Nous n'étions plus dans la frénésie et l'impatience de notre premier baiser. Je n'étais plus tourmentée par mes pensées envahissantes, plus dans le doute de tout ce que j'allais perdre.

J'avais plus à gagner.

Logan se pencha vers moi, ses lèvres effleurant les miennes. J'eus la sensation de perdre pied et décidai de me laisser porter.

— En vrai, il cherche un moyen de t'attirer dans cette voiture parce qu'il est gelé et qu'il a des plans avec toi, pour se réchauffer pendant la nuit.

Il pressa ses lèvres contre les miennes et m'embrassa dans une lenteur cruelle et douloureuse. Mon corps réclamait plus, mon cœur était en train d'exploser, et je me sentais sereine.

J'enroulai les bras autour de sa nuque, accentuant notre baiser.

J'avais tellement plus à gagner.

Chapitre 13

Jamais le trajet entre l'hôpital et mon appartement m'avait paru aussi long et pénible. Après avoir embrassé Margaux sur le parking, nous étions parvenus à nous détacher pour monter dans la voiture.

Traverser la ville, piaffer d'impatience devant les feux, libérer l'accès au parking de l'immeuble. Autant d'obstacles avant de retrouver Margaux, ses lèvres, son corps et ses mains aventureuses.

Pourtant, quand nous nous retrouvâmes face à face dans l'ascenseur, à ma grande stupéfaction, nous étions plus embarrassés qu'excités. À croire que nous étions tous les deux en train de prendre conscience du virage que prenait notre relation.

— On n'est pas obligés de… Enfin, si tu veux… On peut regarder un film, bégayai-je.

— Un film ? s'étonna Margaux.

— Ou autre chose, répondis-je précipitamment.

— C'est toi qui m'as parlé de plans pour qu'on se réchauffe. Donc, ce plan, c'étaient… un film et un plaid ?

Nous échangeâmes un sourire et, lentement, Margaux effaça la distance entre nous pour se planter devant moi, comme pour mieux me défier. C'était la première fois que je me sentais aussi hésitant et démuni devant une femme.

C'était aussi la première fois que cela comptait pour moi : Margaux n'allait pas disparaître au réveil comme une de mes conquêtes éphémères, ni jouer les grandes séductrices. On se connaissait, sans fard ni secrets. Cela m'effrayait un peu.

L'ascenseur s'immobilisa et s'ouvrit.

— Avant qu'on pousse la porte, j'aurais besoin que tu fermes les yeux.

— Logan, je suis habituée à ton bordel et à ton rangement… expérimental. Et honnêtement, il est trop tard pour que je m'en préoccupe, dit-elle en riant.

— Ferme les yeux, s'il te plaît.

Elle lâcha un soupir, puis s'exécuta. Je déverrouillai ma porte, puis aidai Margaux à franchir le seuil, restant derrière elle. Par acquit de conscience, je vérifiai l'état de mon salon, espérant donner tort à Margaux sur mon art du rangement.

— Ne bouge pas, lui intimai-je.

Docile, elle resta immobile, pendant que je terminai l'installation que j'étais parvenu à monter en une soirée. Puis, quand tout fut prêt, je revins derrière Margaux et retins mon souffle.

— Tu peux ouvrir les yeux.

Elle demeura silencieuse, les yeux écarquillés. J'étais encore plus nerveux que lors de mon premier match professionnel. De toute évidence, éblouir Margaux était devenu une priorité absolue. S'agissant de décorations de Noël, vis-à-vis de ma meilleure amie, experte en la matière, la pression était décuplée. Aussi, quand elle fit consciencieusement le tour du sapin démesuré que j'avais décoré avec minutie, mon trac grimpa en flèche.

— Sois indulgente, je débute, dis-je après un silence insoutenable.

— Logan, j'ai passé ma vie à n'être qu'indulgente avec toi. C'est magnifique, me complimenta-t-elle.

— Vraiment ?

Je m'approchai lentement de Margaux, ravi de voir ses yeux pétiller de joie, malgré la fatigue et mes erreurs. Avec le seul éclairage du sapin, dans la pénombre de la pièce, elle était superbe. Ce n'était pas vraiment une découverte, mais je regardais maintenant Margaux autrement, avec attention et intensité, comme si je voulais imprimer chaque centimètre de sa peau.

— Vraiment. Il nous faudra refaire des achats de décoration pour Lison, mais oui, c'est superbe. Ça a dû te prendre une éternité.

— La soirée. Mais rien que pour voir tes yeux s'illuminer, ça en valait la peine.

— Tu n'as pas besoin de faire tout ça, Logan.

— Parce que tu es déjà sous mon incroyable charme ? m'enquis-je en souriant.

— Ce n'est pas ce que je voulais dire.

Cette petite phrase nous tira un sourire, et Margaux s'approcha de moi et posa les mains sur mon sweat. Une de mes mains se perdit dans sa chevelure, encore humide de neige, et elle releva ses yeux brûlants vers moi.

— Tu n'as pas à changer pour moi, Logan. Je ne veux pas que tu sois plus sage, plus ordonné ou moins impulsif.

Incapable de me retenir plus longtemps, je me penchai vers elle, laissant mes lèvres suivre la ligne de sa mâchoire.

Margaux frissonna, et ma bouche trouva la sienne pour un baiser furtif.

— Donc, tu veux que je reste pénible, bordélique, chuchotai-je sur ses lèvres avant de l'embrasser à nouveau, et volcanique ?

Elle se contenta de hocher la tête, et, quand je pressai mes lèvres contre les siennes à nouveau, elle noua les bras autour de ma nuque pour m'attirer au plus près d'elle. Je la repoussai contre le mur, dévorant ses lèvres, tandis que mes mains remontaient sa robe frénétiquement. Margaux étouffa un gémissement dans ma bouche, glissant les mains sous mon sweat pour me le retirer.

Nous nous détachâmes l'un de l'autre quelques secondes : j'en profitai pour passer sa robe par-dessus sa tête, pendant qu'elle se débattait avec mon sweat.

— Viens par ici, dis-je en prenant sa main pour l'entraîner vers ma chambre.

Margaux laissa échapper un rire, qui s'éteignit quand je m'assis sur le lit. Elle voulut se joindre à moi, mais je la maintins debout, face à moi, les mains fermement accrochées à ses hanches.

— Laisse-moi te débarrasser de ça.

Lentement, je fis rouler son collant, mes mains accompagnant le tissu, longeant ses jambes chaudes et douces. J'entendis sa respiration s'alourdir, puis elle murmura mon prénom alors que je réalisais le chemin inverse. Ses chevilles, ses mollets, l'arrière de ses genoux, ses cuisses : mes doigts enregistraient chaque frémissement de sa peau.

— Je peux venir maintenant ? demanda-t-elle, les joues roses de plaisir.

— Sans problème.

À ma grande surprise, Margaux s'installa à califourchon

sur mes cuisses, prenant mon visage en coupe pour mieux l'embrasser. Mon corps réagit instantanément, excité comme rarement. Mon sexe se tendit encore plus, douloureusement emprisonné dans mon jean. Margaux dut le sentir, car dans les minutes qui suivirent, elle s'appliqua à bouger en rythme contre moi, accentuant le frottement.

— Tu vas me tuer, murmurai-je entre deux baisers fiévreux.

— J'ai encore trop de trucs à apprendre en termes de séduction, répliqua-t-elle avec un sourire.

— Tu me sembles parfaitement au point. T'en apprendre davantage serait dangereux.

— Dangereux ?

— Je ne veux pas que tu me laisses pour un autre. Je ne veux pas que tu me laisses tout court, corrigeai-je.

À nouveau, comme aimantées, nos bouches se trouvèrent. J'en profitai pour la faire basculer sur le lit, la couvrant de mon corps. Ses lèvres, son cou, sa gorge, je laissai ma bouche tracer ce nouveau territoire. Sous moi, Margaux se tortillait de plaisir, ses jambes remontées pour mieux me garder près d'elle.

J'embrassai le sillon de peau entre ses seins et repoussai son soutien-gorge pour les découvrir. Margaux repoussa les bretelles, et je fis glisser son sous-vêtement sur son ventre. Elle agrippa mon T-shirt et tira dessus de toutes ses forces pour m'attirer contre elle.

— C'est criminel de ne pas te retirer ce truc, murmura-t-elle, alors que je nichai la tête dans son cou.

Elle jeta mon T-shirt quelque part dans ma chambre, et nos peaux nues se touchèrent. Margaux soupira de plaisir, alors que je laissai une nouvelle marque sur sa peau, juste à côté de la première.

— Tu es chaud, dit-elle. C'était ça ton plan pour qu'on se réchauffe ?

— Le début du plan. Le tout début du plan.

Je glissai sur la couverture, Margaux pressée contre moi. Sa poitrine, aux pointes dressées, se soulevait à toute allure. Je passai l'index sur ses lèvres, et elle les entrouvrit pour le prendre dans sa bouche. Aussitôt, mon corps se tendit, et mon sexe, toujours emprisonné dans mon jean, menaça d'exploser. Elle savait parfaitement ce qu'elle faisait.

Quand elle libéra mon doigt, je le fis glisser le long de sa gorge, dessinai des arabesques sur le haut de sa poitrine, avant d'atteindre une des pointes. Je jouai avec, observant Margaux qui bougeait sur mon lit, serrant les cuisses, tenaillée par le désir. Je réservai le même sort à son autre sein, le torturant délicatement.

— Logan, s'il te plaît.

— On a le temps, répondis-je.

— Ça fait dix ans qu'on se connaît, pas besoin de préliminaires, haleta-t-elle.

— On a le temps, répétai-je. Je veux savourer chaque seconde.

J'abandonnai ses seins et descendis le long de son ventre pour atteindre l'élastique de sa culotte en dentelle. Margaux retrouva ma bouche et m'offrit un baiser heurté et presque suppliant. Je passai la barrière de son sous-vêtement, trouvant son intimité détrempée et accueillante.

Margaux se cambra, alors que je caressai doucement ses lèvres. Mes doigts se perdirent dans ses plis, accentuant la pression.

— Putain, Logan, grogna-t-elle.

Elle ondulait au rythme de ma caresse, venant à la rencontre de mes doigts. Je n'avais jamais été aussi fier de donner du plaisir à une femme, de voir Margaux offerte et prête à se laisser totalement aller.

Je trouvai son clitoris gonflé et le titillai de mon pouce. Elle laissa échapper un cri, pendant que je repoussai l'idée de lui arracher sa culotte pour la prendre sans ménagement. Notre histoire méritait mieux que de la frénésie et de la hâte.

— Logan ? m'appela-t-elle, le souffle court.

— Margaux ?

Je poursuivis ma caresse, mon pouce pressant à nouveau son point le plus sensible. Un petit cri de plaisir lui échappa, et elle se redressa pour me lancer un regard noir.

— Retire ce jean et prends un préservatif : j'aimerais vérifier si la légende et toutes les rumeurs que j'entends sont vraies.

Nouveau mouvement de ma main, Margaux se pinça les lèvres pour retenir un gémissement. Elle était à fleur de peau, réagissant instantanément à mes gestes, ses hanches répondant à chaque stimulation pour en demander toujours plus.

— Ce n'est pas une course, Mar'. Comme je te l'ai dit, on a…

— On parle d'urgence vitale, me coupa-t-elle. J'ai l'impression que mon corps va imploser de chaleur.

À regret, je retirai la main et me relevai du lit pour l'aider à enlever ses derniers vêtements. Puis, sous le regard amusé de Margaux, j'ôtai jean et sous-vêtement, me retrouvant entièrement nu devant elle et passablement excité.

— La légende est vraie, commenta-t-elle en se mordant la lèvre.

Je la recouvris de mon corps, savourant la douceur de sa peau contre la mienne. Nous nous perdîmes dans un nouveau baiser fiévreux, mon sexe durci effleurant son intimité.

— Logan, je ne suis pas fragile, murmura-t-elle contre ma bouche. On a le temps, c'est vrai. Mais pour ce soir, je veux juste…

— Tu veux quoi ? la pressai-je, en remarquant le rougissement massif de ses joues.

— … Qu'on oublie le reste du monde.

— C'est ça que la rumeur dit ? Que je fais oublier le reste du monde ?

— La dernière que j'ai entendue parlait d'aveuglement, de meubles cassés et du niveau six de l'échelle de Richter.

— Que six ? répétai-je.

Elle hocha la tête, un large sourire aux lèvres. J'attrapai un préservatif et avant que je puisse l'enfiler, Margaux le prit et le déchira. Ses yeux rivés aux miens et avec une épatante dextérité, elle déroula la protection sur mon sexe engorgé. J'étais au supplice de sentir Margaux me toucher. Aussi, je restai immobile, serrant les dents, les poings et tous mes muscles pour ne pas exploser à ce seul contact.

Elle laissa sa main naviguer sur mon corps, remontant peu à peu le long de mon torse.

— C'est ce que je veux, Logan, expliqua-t-elle en s'installant à califourchon sur mes cuisses. L'aveuglement, les voisins qui protestent et le niveau six sur l'échelle de Richter.

Elle ponctua ses désidératas de baisers sur mon torse, s'arrêtant sur le minuscule tatouage sur ma poitrine. Elle l'embrassa en souriant, avec fierté et désir, me faisant frissonner.

— Je ne vais pas faire ça, Margaux, dis-je avec une certitude peu commune.

Elle se figea, un peu surprise par mon ton. Pour la rassurer, je laissai mes mains parcourir son corps, passant sur la courbe de ses fesses, puis sur ses cuisses, avant de faire le chemin inverse et de m'égarer dans son dos.

— Je ne vais pas te traiter comme une de ces filles ou une groupie, Margaux. Parce que tu n'as rien à voir avec elles. Et accessoirement, parce que tu comptes pour moi. Plus que tu l'imagines.

— Tu ne vas donc pas voler mon innocence ?

— Oh que si, répondis-je en riant. Mais je vais faire mieux. Je vais voler ton innocence, ton corps, ton âme et ton cœur, si j'ai de la chance.

— Je crois que tu as déjà tout ça, avoua-t-elle dans un murmure intimidé.

Elle m'embrassa avec tendresse et lenteur, et, dans un mouvement chaloupé des hanches, elle positionna son intimité juste au-dessus de mon sexe. Je quittai ses lèvres et plantai mon regard dans le sien, tandis que je la pénétrai doucement. Margaux ferma les yeux, prise dans son plaisir. Elle posa les mains sur mon torse et se redressa, ondulant au-dessus de moi. Je repris mon souffle, savourant la sensation de mon sexe emprisonné dans le sien. Margaux donnait le rythme, bougeant lentement, comme si elle aussi profitait de ce moment d'osmose.

Elle rouvrit les yeux et m'adressa un sourire lascif. Mes mains sur ses hanches, j'accentuai le mouvement de son bassin, venant à sa rencontre. Elle laissa échapper un petit râle de plaisir et se cambra, basculant la tête en arrière. J'en profitai pour me redresser à mon tour et pour la faire basculer sur le lit.

— On va accélérer, la prévins-je.

Je m'enfonçai profondément en elle, ne lui laissant aucun doute sur mes intentions : j'allais lui faire oublier jusqu'à son prénom. La vision de son corps nu, de ses cheveux étalés sur mes draps, animé par son seul désir ardent, allait rester un long moment gravée dans mes souvenirs heureux.

À nouveau, elle se cambra, et je lâchai un juron.

— Logan, murmura-t-elle. S'il te plaît.

— S'il te plaît ? m'amusai-je.

Je me baissai vers elle et embrassai ses lèvres. Son corps irradiait de chaleur, et chaque mouvement lui tirait un petit cri de plaisir. Je souris contre sa peau, mordillant son cou, attisant son désir.

— Évite de t'endormir après avoir joui, chuchotai-je à son oreille.

Elle rit doucement et posa une de ses mains sur ma nuque, pour mieux se perdre dans mes cheveux.

— Je pensais plutôt prendre une douche. Jamais fait l'amour debout, avoua-t-elle.

— Je suis ton homme, répondis-je, motivé par le challenge.

— Tu l'es, en effet.

L'instant suivant, mon rythme se fit plus frénétique. J'observai le visage de Margaux, enfoui partiellement dans les oreillers, gémissant mon prénom et habitée par un plaisir brûlant. Son souffle devint erratique, et quand elle rouvrit les yeux, ce fut pour les planter dans les miens.

Elle m'attira contre elle, son front soudé au mien, nos souffles courts emmêlés, sa peau chaude glissant parfaitement contre la mienne. C'était parfait. Elle était parfaite et elle était à moi. Enfin.

Mon orgasme provoqua le sien. Je restai en elle pendant de longues minutes, reprenant mon souffle et mes esprits. Je respirai son parfum, mélange de vanille et de sexe débridé. Ça la rendait encore plus irrésistible.

— Les rumeurs sont donc vraies, dit-elle finalement, alors que je me retirai d'elle pour enlever mon préservatif.

— Celles qui parlent du sexe ? Évidemment ! crânai-je.

— Celles qui parlent de l'après-sexe.

Elle se tourna vers moi, son corps entièrement nu provoquant déjà le mien. Je l'imitai, embrassai son épaule avant de la mordiller.

— L'après-sexe ? répétai-je.

— Paraît que tu deviens une addiction.

Notre conversation était hachée par nos baisers. J'avais besoin de toucher Margaux, de la sentir contre moi et avec moi. Le désir, à peine apaisé, raffluait déjà dans mes veines. Les mains de Margaux naviguaient partout sur mon corps et, soudain, s'arrêtèrent sur mon sexe déjà gonflé.

Elle me caressa avec douceur, ses yeux dans les miens, ravie de sentir l'effet qu'elle me faisait. À regret, je l'arrêtai et, avant qu'elle puisse protester, je posai mon index contre ses lèvres.

— Douche, Margaux. J'ai une promesse à honorer.

Au milieu de la matinée, je me désenchevêtrai de Margaux pour vérifier mes messages. J'avais encore des tas de choses à boucler avant mon départ, notamment, et non des moindres, parler à Margaux. Je n'avais aucune idée de comment elle allait prendre les nouvelles.

En fait, si. Elle ne dirait rien. Elle me dirait de prendre la bonne décision pour moi, comme elle le faisait toujours, et d'agir dans mon intérêt. Je n'avais jamais su faire ça. Toutes mes pensées, sur ma carrière et mon évolution dans un autre club, étaient parasitées par Margaux. La laisser était un crève-cœur – encore plus maintenant qu'elle dormait dans mon lit –, mais lui demander de venir avec moi me donnait la sensation de faire un caprice.

Le nom de mon agent s'afficha sur mon téléphone. Je décrochai et ouvris le réfrigérateur pour un rapide état des lieux. Évidemment vide. Je n'avais même pas un fond de jus de fruits à verser pour Margaux.

— Je t'ai renvoyé le contrat, j'ai fait ajouter quelques clauses pour ta participation aux matchs nationaux.

— Merci. Ils ont accepté sans condition ?

— Sans condition. Tu vas être une des stars de l'équipe, Rocket. Tu es en position de force. Il faut que tu planifies ton déménagement.

Je jetai un coup d'œil à la porte de ma chambre. Déménager. Ce n'était évidemment pas une nouveauté, mais ça rendait mon départ réel. Cartons, valises... Ma vie en petits morceaux pour traverser l'océan. Je rejoignis le salon et m'installai sur le canapé.

— Je vais m'en occuper, assurai-je. J'ai juste quelques détails à régler avant de partir.

— Normalement, le club va te trouver un point de chute, le temps que tu trouves un appartement ou une maison qui te plaît.

— Le Canada sait accueillir, plaisantai-je.

— C'est le bon moment pour toi, Logan. Tu commençais à stagner en championnat de France et tu peux prétendre à un championnat plus performant.

— Je sais. Je retardais l'échéance. Je ne vais pas changer d'avis à nouveau, sois rassuré.

— Parfait. On se voit très vite ? Pour les communiqués, on attend la fin de la saison, ça évitera les commentaires désobligeants sur ton implication dans ton équipe de la part des journalistes.

— C'est mieux, oui. Je t'appelle en début de semaine pour les ultimes détails.

Parler à Margaux. Parler à Margaux. Cela tournait en boucle. Cette fois, je ne pouvais plus reculer.

— Les ultimes détails ?

La voix de Margaux me pétrifia sur le canapé. Mon cœur manqua un battement. Sans la voir, je pouvais déjà imaginer son visage déçu et son regard perdu. Je n'avais jamais rien caché à Margaux. Presque jamais rien caché.

— Tu pars ? demanda-t-elle alors que je me relevai du canapé.

— Je ne voulais pas que tu l'apprennes ainsi.

— Tu ne voulais pas que je l'apprenne tout court, apparemment. C'est moi le détail ?

— Bien sûr que non.

— Tu voulais coucher avec moi pour être certain de mettre toutes les chances de ton côté ?

— Ce n'est pas du tout ça, Margaux. J'ai signé avec Toronto il y a quelques jours. Je trouvais… Je trouvais que c'était la meilleure décision pour moi, comme pour nous.

D'un pas colérique, elle retourna dans la chambre. Rien ne se passait comme prévu. Après toutes ces années ensemble et pour la première fois, nous n'étions pas sur la même longueur d'onde. Je la rejoignis dans ma chambre. Elle avait déjà enfilé ses collants et s'occupait de son soutien-gorge.

— Tu devais sortir avec Adam, j'étais malheureux et j'ai réalisé qu'on était en train de se faire du mal.

— Visiblement, nous n'avons pas passé la même nuit.

— Je ne parle pas de cette nuit, Margaux. Je parle de nos vies à venir. Est-ce que tu crois que j'aurais aimé te voir avec Adam ? Est-ce que tu penses que ça aurait été simple pour moi de voir notre amitié passer au second plan ?

— Notre amitié ? Logan, on a passé la nuit ensemble, j'ai dû dormir deux heures et, à mon réveil, j'apprends que tu pars. S'il restait quelque chose de notre amitié, tu as tout détruit ce matin.

Elle enfila sa robe et prit la fuite dans le salon.

— J'ai fait ce que tu m'aurais dit, Mar'. Si je t'en avais parlé, tu m'aurais dit de prendre la meilleure décision pour moi ! Tu m'aurais dit qu'il s'agissait d'une opportunité rare.

— Pour te le dire, il aurait fallu que je le sache, asséna-t-elle. J'aurais pris d'autres décisions moi aussi.

— Comme passer la nuit avec moi ? l'interrogeai-je, furieux à mon tour.

— Notamment, oui.

Qu'elle regrette notre nuit ensemble m'acheva. En silence, je la regardais récupérer son sac et ses chaussures. Elle me jeta un dernier regard, pendant que je tentais de trouver une solution à cette impasse.

— Je ne regrette rien, Margaux. Rien de notre amitié, rien de notre nuit ensemble.

— Parfait. Des beaux souvenirs à mettre dans tes cartons, alors !

Révoltée, elle ouvrit la porte de l'appartement et la claqua derrière elle. Je restai seul chez moi, fixant mon entrée, espérant stupidement qu'elle fasse demi-tour.

Mon âme, mon corps, mon cœur : en bonne voleuse, Margaux ne m'avait rien laissé.

Chapitre 14

Six ans plus tôt

Deux semaines. Deux semaines que je prenais sur ma pire phobie pour venir patiner ici. Je ne savais même pas pourquoi je mettais autant d'acharnement à glisser sur cette fichue glace translucide. Mais j'y étais encore, assise sur le rebord humide, en train de lacer mes patins avec détermination et force.

Les jambes tremblantes, je m'élançai sur la glace. Tout était silencieux, et j'entendais distinctement le bruit des lames. Après quelques minutes, parfaitement stable et drôlement audacieuse, j'osai dessiner une courbe. Malgré tous mes efforts, mon équilibre précaire ne tint pas, et après avoir battu des bras pendant une courte seconde, je m'affalai de tout mon long sur la glace.

— Putain de merde ! hurlai-je, faisant fuir les oiseaux.

Je tapai du poing sur la glace, me faisant ainsi encore plus mal, avant de me souvenir que cette même glace pouvait se fendiller dans l'instant, m'avaler tout entière et engloutir, en même temps, tous mes efforts pour glisser sur ce lac.

Je me relevai péniblement, époussetai les cristaux de glace collés sur mes vêtements et, après avoir repris mon souffle, continuai ma séance de patinage. J'étais dépitée : mettre tant d'énergie et d'effort pour si peu de résultats. C'était frustrant. Alors que quand Logan le faisait, cela semblait naturel et simple.

Il n'y a rien de naturel à enfiler des lames pour affronter la glace. C'est un défi à la gravité, aux éléments et à la vie elle-même.

Après deux nouvelles chutes – dont une allait me causer un hématome sur la cuisse –, je retentai ma chance pour une courbe. Telle une athlète de haut niveau, je rivai les yeux sur ma cible et pris plusieurs inspirations.

— Tu vas y arriver, Margaux. C'est juste une courbe, murmurai-je en guise d'encouragement.

Je m'élançai donc, pleine d'espérance et d'énergie. Tous les gamins d'ici apprenaient à patiner en même temps qu'ils apprenaient à marcher. Alors pour une presque adulte, ça ne devait pas être si compliqué. Mètre après mètre, je gagnai en confiance. Être seule me permettait aussi d'être plus intrépide : personne ici ne saurait à quel point patiner était douloureux pour moi.

Je glissai, encore et encore, ignorant le froid qui mordait mon visage, et gagnai en vitesse. Un sourire s'afficha sur mes lèvres, et, galvanisée à l'idée de réussir à dompter cette fichue courbe, j'entrepris de croiser mes patins… et me vautrai lamentablement, sur le ventre, glissant sur plusieurs mètres avant de m'arrêter enfin. Me redressant, assise sur la glace, je camouflai mon visage dans mes mains pour étouffer un cri de rage et de frustration.

Bornée, je me remis debout et fis demi-tour pour refaire une tentative.

— Quand même pas si compliqué de lever ce patin pour le croiser, rageai-je.

Sur la ligne droite, je m'entraînai à glisser sur une seule lame, puis sur l'autre. Si j'y arrivais en pleine ligne droite, il n'y avait aucune raison qu'en courbe je ne puisse pas lever mon patin quelques secondes pour le reposer ensuite.

À nouveau sur la ligne de départ, la courbe en ligne de mire et après un long soupir de lassitude, je fondis aussi vite que possible en direction de ma cible. Vitesse, lames affûtées, pensées positives : rien ne pouvait m'empêcher d'apprivoiser cette courbe.

Et cette fois, quand je levai mon patin, dans un équilibre douteux, je parvins enfin à croiser mes pieds. Une fois, deux fois, trois fois… D'équilibriste débutante, je passai à patineuse aguerrie, réussissant à sortir de cette courbe sans l'ombre d'un vacillement.

Partagée entre fierté et incrédulité, je me tournai pour faire face à mon ennemie. J'avais vaincu cette fichue courbe, j'avais réussi à patiner comme une adulte, j'avais vaincu ma phobie de la glace.

J'étais Katarina Witt : gracieuse, combattante, déterminée, capable d'enchaîner une ligne droite et une courbe sans finir dans une poussière de glace.

Heureuse comme si j'avais gagné l'or olympique, je criai de joie et levai les bras au ciel. Dopée d'énergie positive, je me lançai à nouveau, prête à reproduire mon exploit. Là encore, je parvins à croiser mes patins et à glisser sur la glace avec une élégance qui me stupéfia.

Si j'avais été assez douée, j'aurais même fait une petite danse de la victoire sur la glace. Mais cette seule idée m'effrayait, et je me contentai d'agiter les bras, saluant une foule hurlante, festive et totalement imaginaire. J'esquissai une révérence, et c'est en me redressant que je découvris Logan, sur la glace, applaudissant ma performance.

— Tu es là depuis longtemps ? l'interrogeai-je, rouge de honte.

— Depuis ta première chute.

Logan patina vers moi, léger, aérien et fluide, pendant que je rêvai que cette fameuse glace se fendille pour me cacher. J'avais rarement été aussi embarrassée. Logan me fit face, ajustant mon bonnet sur mes cheveux, avant d'enfiler une paire de gants en laine noire.

— Tu n'aurais pas dû voir ça, dis-je.

— Oh ! ça devait être une surprise ? répondit-il en riant.

— Non. Mais… Disons que j'avais imaginé qu'on irait patiner à ton retour, et je voulais être un peu plus douée. Mon meilleur ami ne peut pas devenir hockeyeur et moi être une calamité sur la glace.

— Ton meilleur ami ? répéta-t-il.

— C'est… En tout cas, il me semble que c'est ce que nous sommes, non ? Amis ?

— Amis, oui. Mais je n'avais pas conscience d'être le… meilleur.

Une nouvelle vague d'embarras me saisit. Techniquement, Logan était l'ami de Gabriel, mon frère, bien avant d'être le mien. Mais parce qu'il passait son temps à la maison, et que nous passions du temps ensemble, une amitié aussi étrange que décalée s'était installée entre nous.

— J'accepte le poste, dit-il en souriant.

— Arrête de te moquer de moi !

— Je ne me moque pas. Je ne suis pas habitué à être le « meilleur » quelque chose dans la vie de quelqu'un, Mar'. Je me sens donc honoré d'être ton meilleur ami.

Je demeurai silencieuse. Nous fêtions Noël dans quelques heures, et je savais qu'après, mon amitié avec Logan ne serait plus tout à fait la même. Dès le lendemain, il partait rejoindre Paris pour un stage dans son premier club de hockey de haut niveau. Ce stage devait ensuite déterminer s'il signait au club. Qu'on soit loin de l'autre me tordait le cœur, mais Logan épousait enfin son rêve, et c'était ce qui comptait le plus.

— Comment s'est passée ta journée ? demandai-je.

— Bien.

— Bien ? répétai-je, surprise qu'il soit si évasif.

— J'ai… Mon agent… J'ai eu un appel de mon agent, commença-t-il.

— Tu ne pars plus en stage ? le questionnai-je vivement.

— Non. Je pars toujours. Mais on m'a fait une autre proposition très intéressante. Alors, il faut que je réfléchisse.

J'étais à la fois déçue et heureuse. Déçue qu'il parte, heureuse qu'il voie ses rêves aboutir. Le hockey était toute sa vie. Quelques mois auparavant, je l'avais surpris, éveillé, en plein milieu de la nuit, dans notre salon, pour regarder un match de la ligue américaine. Fasciné par ce qu'il voyait à l'écran, il avait mis plusieurs minutes à me remarquer, appuyée contre le chambranle.

— Je sais que tu as la clé de la porte, mais j'avais compris que tu avais une chambre dans la maison de tes parents, avais-je ironisé.

— J'en ai une. Mais ils n'ont pas toutes les chaînes sports. Gabriel m'a dit que je pouvais venir quand je voulais.

— Je pense qu'il voulait dire « en journée ». J'ai entendu du bruit, j'ai cru que tu étais un voleur, j'aurais très bien pu t'assommer.

Le regard de Logan avait dévalé sur moi, habillée en pyjama épais, les cheveux en désordre, et la joue gauche barrée de la trace de mon oreiller en plume. Il avait éclaté de rire, et je m'étais renfrognée.

— Je peux te faire mal, tu sais, avais-je dit, vexée.

— Margaux, tu ne sais pas faire le mal. C'est ce que j'apprécie le plus chez toi.

Nous avions échangé un regard, et un ange avait stationné au milieu du salon. C'était la première fois que Logan me faisait un tel compliment.

C'était la première fois qu'on me faisait un tel compliment. J'avais été si émue que j'en avais oublié que nous étions au milieu de la nuit, et que sur l'écran s'escrimaient des hockeyeurs.

— Qui gagne ? avais-je demandé finalement.

— Toronto. Regarde cette vitesse de glisse. C'est... impressionnant.

— Ça t'ennuie si je regarde avec toi ?

— Tu es chez toi, Margaux. Tu fais ce que tu veux.

Je m'étais alors installée, et Logan avait pris toute la durée du match pour m'expliquer patiemment règles, tactiques et rôles des joueurs. Il était si passionné et animé que j'avais presque été plus fascinée par Logan que par le match. C'était ce qu'il devait faire : devenir joueur.

Devenir joueur, c'était ce qui avait toujours motivé Logan. Son rêve, son ambition, sa vie tout entière.

Alors maintenant que nous étions sur ce lac gelé, à quelques heures de Noël, je redoutai le pire. Que Logan parte était inéluctable, mais rester en France lui donnait encore l'occasion de revenir. Partir plus loin, c'était partir définitivement.

Et me laisser définitivement.

— Quel genre de proposition ? demandai-je.

— Intéressante. Mais je dois regarder le contrat avant de prendre une décision.

— Il faut que tu fasses… Enfin, que tu prennes la meilleure décision pour toi, Logan.

— Je sais. C'est pour ça que je dois y réfléchir. Mais ce que j'aimerais surtout, c'est que tu me remontres ton croisé de patin.

Le lendemain, Logan m'avait annoncé qu'il avait fait son choix et qu'il restait en France. J'avais mal dissimulé mon soulagement. Mon meilleur ami restait.

Et rien que pour ça, j'aurais été capable d'apprendre à faire des pirouettes sur ce fichu lac.

Aujourd'hui

— Tu es sûre que tu ne veux pas que je monte sur l'échelle ?

Mon frère Gabriel tenait l'échelle sur laquelle j'étais perchée, installant des glycines artificielles, suspendues au plafond de la grange. Nous y étions depuis presque cinq heures, et j'en étais ravie : m'occuper de la décoration me permettait d'éviter de penser à Logan et à ce que je ressentais.

— Certaine. Tu m'en donnes d'autres ?

— Tu ne crois pas qu'il y en a suffisamment ? m'interrogea Gabriel.

— Le but est d'habiller le plafond, Gabriel. On fait de grosses boules, imposantes, pour amener un peu de chaleur.

— Tu m'as aussi parlé de chaleur quand on a installé des guirlandes lumineuses pour les tables.

— Je ne m'attendais pas à ce que tu comprennes.

En guise de réponse, il fit trembler l'échelle, mécontent. Mon frère avait toujours eu un goût discutable pour tout. En cuisine, il aimait les navets ; au cinéma, il aimait aussi les navets et vénérait Stallone ; il s'habillait dans des magasins de sport ; il écoutait de la country, connaissait un tas de chansons à boire, et sa dernière petite amie l'avait largué pour le colocataire de Gabriel. En décoration, comme dans tous les aspects de sa vie, Gabriel tapait donc toujours à côté de la plaque.

Après avoir installé les glycines, je m'occupai des sapins, les plaçant partout dans la pièce. Je chassai vite le souvenir du sapin dans l'appartement de Logan. Il avait pioché dans les décorations pour me faire plaisir et, désormais, y penser me plombait encore plus le moral. Enfin, je vérifiai les tables. Outre les guirlandes lumineuses serpentant sur la table, j'avais fait ajouter d'imposants chandeliers et les ornais de fleurs fraîches. Gabriel, lui, s'occupa de disposer les chaises et de briefer le DJ sur les grands moments de la soirée.

— J'espère qu'il n'écoute pas tes conseils musicaux, me moquai-je quand il vint me rejoindre en plein ajustement de la table d'honneur.

— Non, je lui ai juste dit à quel moment j'allais faire un discours.

— Tu vas faire un discours ? m'étonnai-je, épatée.

— Ma grande sœur se marie : évidemment que je vais faire un discours. J'en ferai un aussi pour toi si un jour, tu te maries.

— Rassure-toi, ce n'est pas pour tout de suite. Et toi ?

— Je vais attendre d'avoir vos retours d'expérience, avant, répondit-il dans un rire. Tu as fini ?

Je reculai, admirant la table d'honneur, imaginant déjà Lison et Pierre installés et heureux. J'étais tellement à fleur de peau que les larmes montèrent instantanément. Gabriel entoura mes épaules de son bras et m'attira contre lui.

— C'est très beau, Margaux. Lison va être ravie.

— Je ne sais même pas pourquoi je pleure, répondis-je en essuyant mes larmes.

— Ça fait toujours ça quand on passe à l'âge adulte. On pleure sur nos souvenirs d'enfance.

En une seconde, des tas de souvenirs remontèrent à la surface : Lison assistant aux réunions parents-profs, Lison m'aidant à remplir mes dossiers pour des écoles, Lison me consolant d'un furtif chagrin d'amour… Lison avait toujours été là, solide dans la tempête, forte comme un roc, ne baissant jamais les bras.

J'aurais aimé être comme Lison et affronter mes émotions avec la même détermination. Cette fois, le coup était trop fort, Logan m'avait menti, et ce seul mensonge avait creusé un véritable fossé entre nous et de multiples crevasses dans mon cœur.

— Lison est adulte depuis longtemps, lui fis-je remarquer dans un sourire.

— C'est vrai, admit-il. Mais je me souviens encore de ses tentatives de tourte aux champignons, et ça, je ne le regrette pas du tout !

— Tu as raison, approuvai-je en riant, c'était infâme. Et ses tartes à la rhubarbe ? Tu t'en souviens ?

— C'était tellement acide qu'on recouvrait de sucre derrière son dos pour les manger ! Tu te rappelles notre premier Noël, sans les parents ? Elle a voulu cuire une pintade, et l'alarme incendie s'est déclenchée.

Je ris à nouveau, aux larmes encore. Gabriel me tenait toujours contre lui. Brasser ces souvenirs me faisait du bien. Lison avait fait de son mieux, et nous nous étions serré les coudes. J'étais heureuse qu'elle se marie, mais je ne réalisais que maintenant que cela signifiait la fin de notre petit trio.

— On devrait rentrer, Lison nous attend pour dîner, lança Gabriel après un court silence.

— C'est censé me motiver ? plaisantai-je.

— Elle veut passer sa dernière soirée de célibataire avec nous. Je me suis chargé du vin, ajouta-t-il.

Il me libéra et se dirigea vers la porte. J'allai jusqu'au milieu de la salle de réception et fis un dernier contrôle. Les sapins, les guirlandes, les fleurs : tout était comme je l'avais imaginé. Poétique et chaleureux. Lison méritait ce mariage. Elle méritait son bonheur à elle et sa famille à venir.

— Margaux ? m'appela mon frère.

— J'arrive.

Je rejoignis mon frère, éteignis les lumières et verrouillai la porte derrière moi. Gabriel avait raison : nous étions en train de tourner la page. Lison se mariait, Gabriel envisageait de changer de vie – passant de l'informatique à l'entretien des jardins –, et moi… moi, je ne savais plus si ma vie était celle dont je rêvais.

Et sans Logan, j'avais l'impression d'être bancale.

À notre arrivée à la maison familiale, le parfum de cuisine nous fit sourire. Gabriel murmura une petite prière, pendant que je tentais de deviner ce que Lison avait préparé. On ne pouvait pas lui reprocher une forme d'abnégation.

— Ça fera des souvenirs en plus, dis-je à Gabriel, en retirant mon manteau.

— Je n'en doute pas. Mais j'aimerais des souvenirs comestibles, pour changer.

— Tu exagères. Elle a déjà préparé de bons petits plats !

— Des salades, Margaux. Étaler des rondelles de tomates et quatre feuilles de salade, ce n'est pas non plus un exploit !

Lison était dans la cuisine, tout sourires, et en une seconde, nous fûmes tous les trois propulsés dans le passé, à l'époque où Lison nous préparait le dîner, tout en s'assurant que je connaissais ma leçon d'histoire et que Gabriel séparait les vêtements de couleur et le blanc pour faire une lessive.

— N'ayez pas peur, lança Lison en nous voyant scruter les assiettes. J'ai commandé chez le traiteur.

On ne fit même pas semblant de camoufler notre soupir de soulagement. Lison fronça les sourcils, avant de secouer la tête.

— Vous êtes des ingrats, dit-elle dans un rire.

— Nous sommes prudents, contra Gabriel. Je ne voudrais pas louper le plus beau jour de ta vie à cause d'une indigestion.

Lison avait installé la table dans la salle à manger, comme quand nous étions plus jeunes, à nos places habituelles, avec nos ronds de serviette. Seule différence : nos verres d'enfants avaient laissé place à des verres à vin.

— Allez…

— … à taaaable, les affreux ! terminai-je pour Lison.

— Et oui, nos mains sont propres, continua Gabriel en emportant une bouteille de vin vers la salle à manger.

— Franchement, il ne manque que Logan, commenta Lison en déposant nos assiettes.

— Il n'était pas dispo, répondit Gabriel. Il m'a promis de venir demain.

— Dommage. Il avait un entraînement ? s'inquiéta ma sœur en se tournant vers moi.

Je haussai les épaules. Je n'avais pas parlé à Logan depuis mon départ de son appartement. Je ne craignais pas de l'affronter, mais je redoutais d'aggraver la situation. J'espérais encore pouvoir sauver notre amitié.

— On mange ? fis-je pour changer de sujet. Je meurs de faim.

De tous nos dîners familiaux, j'étais certaine que c'était celui où nous avions le plus ri. Nous avions évoqué des souvenirs de famille, parlé de papa et de sa passion pour la pêche, de maman qui râlait sur nos chaussures non rangées. Ils nous manquaient, en particulier ce soir, mais nous étions apaisés.

Après le dîner, Gabriel gagna sa chambre d'ado, pendant que je terminais mon verre avec Lison. Assises toutes les deux sur le canapé, nos verres à la main, nous fixions l'écran de télé devant nous.

— Je ne pouvais pas faire ma dernière soirée de célibataire sans un ultime hommage à Hugh Grant, indiqua Lison.

— Ta vie ressemble à une comédie romantique, dis-je, sans masquer une pointe de jalousie.

— Pierre ne se déhanche pas comme Hugh Grant. Sauf quand il a trop bu.

— Ce sont de vrais cadeaux sous le sapin ? interrogeai-je Lison.

— Tout à fait. J'espère que le sapin est à la hauteur de tes exigences, dit-elle en riant.

— Ça ira, répondis-je avec indulgence. Tu ne peux pas être douée en cuisine et en déco !

Nous rîmes toutes les deux, et après plusieurs minutes à regarder le film, dans la pénombre, Lison posa la question que je redoutais :

— Qu'est-ce qu'il se passe avec Logan, Margaux ?

— Rien, mentis-je.

— Il se passe forcément quelque chose. Il fait quasiment partie de cette famille, ça ne lui ressemble pas de louper un dîner. Il a séché des entraînements pour beaucoup moins que ça.

— Je sais, murmurai-je. Il part, avouai-je finalement.

— Il part ?

— Il quitte son club à la fin du championnat et il part pour Toronto.

— Mais c'est génial, Mar' ! Il doit être tellement content ! Je le féliciterai demain. C'est le genre de contrat qui ne se refuse pas.

— C'est ce que j'ai compris, sifflai-je en finissant mon verre de vin.

Je ne masquais même pas mon amertume. Lison trouvait son départ aussi génial que je le trouvais dramatique. Qu'elle soit heureuse pour lui me rendait encore plus triste et seule. Même ma sœur me trahissait.

— Ça a l'air de te contrarier, commenta-t-elle.

— Il part, Lison. Loin. Je ne suis pas dupe, il ne reviendra pas.

— Mar', c'est son métier. Il a toujours voulu être hockeyeur, tu devais bien te douter qu'il finirait par changer de club. Tu devrais être heureuse pour lui, c'est une opportunité incroyable et…

Elle s'arrêta en voyant mon visage de cendres. Je n'avais plus de larmes pour Logan, mais je ne pouvais pas m'empêcher d'être en colère contre lui. Il avait tout gâché : notre relation à venir comme celle passée.

— Margaux, que se passe-t-il avec Logan ? insista ma sœur.

Je lui lançai un regard, et en une seconde, elle comprit. L'instant suivant, elle m'offrit un large sourire et saisit la bouteille de vin pour remplir mon verre.

— Vous avez mis du temps, dit-elle en riant.

— C'est fini avant même d'avoir commencé.

— Ça a commencé depuis des années, Mar'. Tout le

monde le voyait autour de vous, mais vous avez continué à croire que vous n'étiez que des amis.

— Il m'a menti, Lison. Il… Il a signé depuis plusieurs jours et il ne m'a rien dit. Rien du tout. Et après, notre relation s'est… Disons que tout a changé, et que lui…

Ma voix s'éteignit. J'étais déçue, amère, triste. Et, généralement, quand j'étais dans cet état, c'était Logan qui me consolait. C'était lui qui m'apportait une pizza aux fromages et qui me faisait rire. J'avais confiance, et il m'avait caché l'élément le plus important de sa vie.

— Tu ne peux pas lui en vouloir pour ça, reprit Lison.

— Lison…

— Non, Margaux. Je suis désolée, je t'aime, je ferai tout pour toi, mais je ne peux pas te consoler et essuyer tes larmes en te disant que Logan est un sale type.

— Il ne m'a rien dit, répétai-je. Il veut partir et…

— … et tu pourrais partir avec lui, termina Lison. Tu peux tout faire, Margaux. Tout. Tu peux choisir d'être son amie ou d'être sa petite copine. Tu peux rester ici, changer de travail ou quitter le pays. Logan a fait ses choix, tu dois faire les tiens. Mais tu ne pourras pas le retenir éternellement.

Elle but une gorgée de son vin, pendant que je réfléchissais à ce qu'elle venait de me dire. J'en voulais tellement à Logan de m'avoir caché la vérité que je n'avais pas pensé aux options qui s'offraient à moi.

Ou à nous.

— Rien ne te retient ici, Margaux. Je vais me marier. Gabriel… Bon, Gabriel finira par comprendre que le fluo n'est pas une option, même pour faire du sport. Et toi, tu es forte, créative et brillante, Mar'.

— Brillante ? répétai-je.

— Sauf pour ta vie amoureuse. Mais, la plupart du

temps, tu es une fille intelligente. Si tu aimes Logan, tu devrais… tu devrais lui parler.

— Je devrais renoncer à tout pour… ça ?

— On renonce toujours à tout pour ça. Et sans vouloir dévoiler un vieux secret, il l'a déjà fait pour toi.

— Je te demande pardon ?

— Il a déjà renoncé au Canada pour toi. Il y a six ans, quand il a signé à son club actuel, il avait d'autres propositions. Il m'en a parlé.

Je dévisageai ma sœur, sidérée par tant d'aveux. Je me targuai de connaître parfaitement Logan, d'être sa confidente, et j'apprenais que Lison gardait de vieux dossiers pour elle. Mon cœur s'emballa, et j'eus la sensation d'étouffer.

— Il… Il a déjà renoncé ? répétai-je, hébétée.

— Pour toi, Margaux.

— Tu n'en sais rien.

— Oh que si. Il était assis à cette table, il avait les deux contrats sous les yeux, il ne savait pas quoi faire. Je lui ai dit de faire un choix pour lui. Il est allé te rejoindre au lac et quand il est revenu, il était tout sourires. Je ne sais pas ce que tu lui as dit ce jour-là, mais il m'a assuré qu'il avait fait son choix et qu'il était heureux.

Je me rejouais notre conversation à toute vitesse. Il me manquait des bribes. Le patinage, les chutes, la glace incrustée dans mes cheveux, Logan, sa façon de remettre mon bonnet en place, ses yeux bleus qui m'empêchaient parfois de réfléchir convenablement, une proposition intéressante.

— Je lui ai dit qu'il devait faire le meilleur choix pour lui, murmurai-je d'une voix blanche.

Lison pencha la tête, attendant patiemment que j'en tire mes propres conclusions. Je m'étais trompée : j'avais encore des larmes. Parce que l'instant suivant, mes joues étaient détrempées, et ma gorge était serrée de chagrin.

— Tu le sais, n'est-ce pas ? demanda ma sœur.

— C'était moi. Le meilleur quelque chose de Logan, c'était moi.

Chapitre 15

— Nerveux ?

Gabriel ajustait ma cravate, mais je le soupçonnais de vouloir m'étrangler. J'avais déjà la sensation d'étouffer depuis plusieurs jours, mais là, c'était encore pire.

— Non, assurai-je. Je ne suis pas le marié.

— Je sens que tu es nerveux, insista mon ami de longue date. Un truc à m'avouer ?

— Je déteste les cravates, Gabriel. C'est tout.

— Logan, je sais tout.

Je fronçai les sourcils, et il s'éloigna de moi. Dans la chambre à côté, j'entendais Lison rire aux éclats avec Margaux. Je n'avais pas menti à Gabriel : je n'étais pas nerveux. J'étais frustré de ne pas voir Margaux, de ne pas lui parler, alors qu'elle était si proche de moi.

— Margaux et toi, reprit Gabriel, je sais que vous avez franchi la ligne blanche tous les deux.

— Est-ce que tu vas me tuer en me balançant par la fenêtre ? demandai-je à Gabriel.

— Non. J'ai arrêté la musculation depuis six mois et j'ai le dos fragile. Mais, à ta place, je ferai gaffe à ce que je bois ou mange.

— Ne t'inquiète pas : Margaux, en fille intelligente, a très vite pris ses distances.

Gabriel éclata d'un rire sonore. De toute évidence, être triste me rendait irrésistiblement drôle. Je lançai un regard à mon ami, espérant que cela suffise à le faire taire. Margaux me manquait comme jamais. Son parfum, son rire, ses yeux pétillants, ses encouragements, sa peau. J'aurais aimé dire que les souvenirs que nous avions ensemble me hantaient... mais c'était surtout notre nuit ensemble qui occupait mes pensées.

Je n'avais jamais ressenti une telle alchimie avec une autre femme, comme si nos deux corps se reconnaissaient et se répondaient l'un à l'autre d'instinct. Je regrettai vraiment de lui avoir caché mes plans, mais j'étais incapable de la regarder dans les yeux en me disant que je n'allais plus la revoir.

— Le Canada, alors ? fit Gabriel, admiratif.

— Je n'arrive toujours pas à savoir si c'est une bonne ou une mauvaise décision.

— C'est ta carrière, mec. Tu aurais eu tort de refuser.

— C'était peut-être juste un rêve de gosse, murmurai-je. Pas un truc censé se réaliser.

— Tu devrais aller voir Margaux. Au moins, quand tu parles avec elle, tu ne racontes pas autant de conneries.

— La mariée est prête, on y va ! hurla la voix de Margaux derrière la porte.

Mon cœur brisé se fendit un peu plus. Il y a encore quelques jours, nous étions ensemble, liés comme jamais, et maintenant, je redoutais le moment où j'allais la croiser. Elle me détestait autant que je l'aimais.

C'était ma seule consolation : le Canada m'aiderait à l'oublier et à nous éloigner pour de bon. Je revenais au plan initial où nous devions faire notre chemin chacun de notre côté. Je me le répétai depuis des jours. Malgré tout, désormais, l'évidence des débuts de ma théorie m'échappait maintenant.

Je ne voulais pas d'un chemin loin d'elle.

Je suivis Gabriel, et nous descendîmes les escaliers ensemble. Mon cœur accéléra. Je devinais les voix de Margaux, de Lison, de plus en plus près de nous. Je me rassurai comme je le pouvais : Margaux n'irait pas faire un scandale le jour du mariage de sa sœur.

Lison était sublime dans sa robe. Un sourire lumineux était accroché à ses lèvres, ses cheveux étaient relevés dans un magnifique chignon, et un voile d'au moins deux mètres y était épinglé. En me voyant, elle tendit les bras, et nous nous étreignîmes avec chaleur.

— Pierre a de la chance, murmurai-je à son oreille.

— N'hésite pas à le lui rappeler régulièrement, dit-elle en riant.

Près d'elle se tenait Margaux, parfaitement immobile. Je lui adressai un hochement de tête, remarquant, malgré moi, ses yeux fatigués et son visage blême. Elle portait une robe en soie turquoise, avec une courte traîne, qui épousait parfaitement sa silhouette.

— Tu es très belle, Mar'.

— Merci, murmura-t-elle.

Puis, mal à l'aise, elle désigna ma cravate, me faisant comprendre à demi-mot que Gabriel avait fait un travail de sagouin. Je tentai de rectifier le nœud, mais Margaux secoua la tête.

— Tu devrais l'aider, Mar'. Gabriel et moi partons devant, vous nous rejoignez ?

— Lison, on devait partager la voiture, objecta Margaux.

— Tu partageras avec Logan.

Margaux soupira lourdement, avant de s'attaquer à ma cravate. Elle défit le nœud et, avec dextérité, elle noua le tissu autour de mon cou et ajusta le col. Cela ne dura que quelques secondes, pendant lesquelles je ne lâchai pas ses mains délicates des yeux. Puis, quand elle eut terminé, je croisai son regard, espérant trouver les réponses que j'attendais.

— Tu me manques, avouai-je dans un murmure.

— On parlera plus tard, répondit-elle.

— Je t'en prie, cesse d'être en colère après moi.

— Je ne le suis pas.

Elle lâcha ma cravate et se recula. Pour une fille qui n'était plus en colère, elle semblait pourtant encore bien contrariée.

— Je voulais te le dire. Mais je n'arrivais pas à trouver comment. Quand j'ai signé, j'étais certain que c'était la bonne décision.

— Tu ne l'es plus maintenant ?

— Je ne suis plus sûr de grand-chose. De ce que je vois, le sacrifice est trop grand. Je ne veux pas te perdre.

— Il faut qu'on y aille, éluda-t-elle. Je ne veux pas être en retard au mariage de ma sœur.

Je ravalai mes explications et mes doutes, et suivis Margaux alors qu'elle sortait de la maison. Elle se dirigea vers mon pick-up et attendit patiemment que j'ouvre sa portière. En la voyant toujours attendre, passablement agacée, je l'interrogeai :

— Soit tu montes et on est à l'heure, soit tu ne montes pas et tu louperas la cérémonie.

— Je… Logan, je ne peux pas monter dans ta fichue

voiture avec cette robe. Elle est bien trop haute. Oh ! je t'en prie, cesse de sourire comme un demeuré ! s'énerva-t-elle.

— Je ne souris pas.

Je mentais. Oui, je souriais. Margaux jouait peut-être la stratégie du silence, mais cela ne pouvait pas tenir longtemps. Elle en était incapable. Parce que Margaux ne sait pas se fâcher durablement avec quelqu'un. En tout cas, j'espérais ne pas être l'exception à la règle.

— Si, tu souris. Il faut que tu me portes, Logan.

— Sans problème.

Je la soulevai et glissai un bras sous ses genoux et l'autre à hauteur de ses épaules. Margaux étouffa un cri de surprise et se retrouva dans mes bras, blottie comme une jeune mariée, ses doigts fermement serrés autour de son bouquet de fleurs. Je profitai de la situation pour sentir son parfum et embrasser délicatement son front.

— Si tu me dis que tout est fini, que rien n'est à sauver, alors je te laisserai, Margaux. J'apprendrai à faire sans toi.

Elle ferma les yeux, et mon cœur se serra douloureusement. Comment avions-nous pu ruiner toute notre histoire ? Comment étions-nous arrivés à nous rendre si malheureux, quand, il y a encore quelques mois, le seul fait d'être ensemble nous suffisait.

— J'apprendrai à faire sans toi, ici ou là-bas, complétai-je avant de la poser sur le siège passager.

En silence, elle boucla sa ceinture, et je nous conduisis sur le lieu de la cérémonie. Les invités étaient déjà entassés dans la petite église du village. Lison saluait les derniers arrivés. Gabriel et Adam attendaient à l'extérieur, prêts à escorter Lison et Margaux pour entrer dans l'église. Je me garai et me tournai vers Margaux.

— Tu as besoin d'aide pour descendre aussi ?

Elle hocha la tête et déboucla sa ceinture.

— Je partirai à la fin du championnat, d'ici quelques semaines.

— Donc, tu pars ? demanda-t-elle finalement.

— C'est ce que je veux faire, Margaux. Je veux jouer là-bas depuis des années.

— Tu as déjà refusé une fois.

Sa remarque me glaça. Elle savait. Je lui avais consciencieusement caché cette proposition. J'avais hésité, douté, discuté avec Lison. Mais en voyant Margaux ce jour-là, patiner sur la glace, j'avais pris ma décision. À l'époque, j'étais déjà incapable de m'éloigner d'elle. Aujourd'hui, je ne le pouvais pas plus… mais je ne pouvais pas non plus vivre près d'elle sans être avec elle.

Être ami ne me suffisait plus. Adam avait surgi, d'autres arriveraient fatalement. Être loin me semblait moins douloureux que de la voir avec un autre.

— C'est vrai, avouai-je.

— Lison dit que tu l'as fait pour moi.

Elle se tourna vers moi, ses yeux implorant que je dise la vérité. Je n'avais plus le choix, et Margaux, sans me le dire, me testait.

— C'est vrai aussi.

— Pourquoi ?

— Parce que je n'arrivais pas à me dire que nous n'allions plus nous voir. Tu patinais, tu tentais de croiser tes patins, et j'ai pris ma décision. Je voulais te regarder patiner, encore.

— Je patine comme un pied, Logan.

— Un joli pied, corrigeai-je en espérant la faire rire.

Cela lui tira un sourire, le premier depuis son départ de mon appartement, et cela suffit à me réchauffer le cœur. Peut-être que tout n'était pas cassé. Les cloches de l'église résonnèrent, annonçant le début du mariage. Je descendis du pick-up et me précipitai pour ouvrir la portière de Margaux.

Elle noua ses bras autour de ma nuque, et je la déposai délicatement au sol. Je profitai à nouveau de cette petite proximité et collai mon front au sien.

— Je voulais te regarder patiner, encore et pour toujours, Margaux. Tu es la meilleure chose qui me soit arrivée.

Elle dénoua ses bras et releva ses yeux vers moi. La tristesse avait peu à peu disparu, laissant place à son éclat habituel, un mélange de malice et d'enthousiasme, dont je connaissais chaque nuance.

— La meilleure quelque chose ? murmura-t-elle.

— La meilleure quelque chose.

Elle se contenta de sourire, avant de marcher aussi vite que possible vers le parvis de l'église. Rassuré, je me surpris à respirer correctement. Elle enroula son bras autour de celui d'Adam, et rien que pour ça, je m'en voulais de ne pas lui avoir cassé le nez. À mon tour, je gagnai l'église, trouvant une place dans les premiers rangs.

La musique s'éleva dans la nef, et Margaux apparut, radieuse et souriante. Derrière elle, Lison, au bras de Gabriel, fit son entrée. J'aurais aimé dire que, comme tout le monde, j'admirais la mariée. Mais Margaux accrocha mon regard, et pendant qu'elle remontait l'allée, j'eus la sensation que son sourire était pour moi.

Je n'avais jamais été ébloui par une salle de réception. À en croire les larmes de Lison, elle aussi avait été émue et épatée. Elle avait longuement serré sa sœur dans ses bras, l'embrassant avec chaleur, pendant que les invités applaudissaient.

Après la cérémonie et le cocktail, le coup d'envoi du dîner avait été donné. Lison m'avait placé avec certains de ses amis proches, et, dès que je leur avais dit que j'étais hockeyeur, les questions avaient fusé, me tenant occupé et loin de Margaux.

Pourtant, à l'annonce de l'ouverture du bal, je cessai de parler. Je voulais voir Margaux danser – du moins essayer – avec Adam. Lison et Pierre investirent le centre de la piste et se lancèrent dans une valse traditionnelle. Ils étaient beaux, en parfaite harmonie, et même leurs petites maladresses étaient touchantes. Margaux et Adam attendaient, debout, à proximité.

Il suffisait de voir Margaux se mordre les lèvres pour comprendre que cette danse allait être une catastrophe.

Et ce fut un carnage. Margaux ne savait ni patiner ni danser. Elle partait à droite quand Adam la dirigeait en arrière, elle marchait sur ses pieds et s'excusait en boucle, et quand Adam tenta de la faire tourner, elle glissa sur le parquet et manqua de s'étaler. Quelques rires fusèrent, et je décidai de sauver la situation. J'interrompis Adam en lui tapotant l'épaule et récupérai Margaux, à bout de souffle, à deux doigts de demander qu'on l'achève.

— Merci, murmura-t-elle.

— Ne me remercie pas. Tu te rappelles ce qu'on a fait ?

— Je me rappelle de tout, Logan, répondit-elle, timidement.

— Ce n'est pas ce que je voulais dire.

— Moi si. Je me rappelle de tout, répéta-t-elle.

Elle serra étroitement son corps contre le mien, et nous dansâmes, en harmonie et en rythme. Margaux connaissait parfaitement les pas, glissant sur le parquet avec élégance et légèreté.

— Changement de direction, la prévins-je.

— Ça aussi, je me souviens, dit-elle en souriant.

L'instant suivant, nous tournions sur la piste, accompagnant Lison et Pierre, et bientôt rejoints par Gabriel et une des invités de ma table. C'était tellement agréable de retrouver Margaux, de sentir sa main contre la mienne, que je peinais à me retenir de l'embrasser. Pourtant, quand la musique s'arrêta, bien trop vite, elle s'écarta, lâchant mes doigts à la dernière seconde.

— Merci, Logan.

— Ça a été un plaisir.

— On se voit plus tard.

Ça sonnait comme une promesse, et cela suffit à me redonner espoir.

Je n'avais plus revu Margaux de la soirée. J'avais été accaparé par mes compagnons de table et entraîné dans des danses improbables, pendant que Margaux s'assurait que le mariage de sa sœur se déroulait parfaitement, faisant des allers-retours avec le traiteur et parlant avec chaque invité.

Au petit matin, après une longue nuit de festivités et alors que la musique faisait vibrer les murs, je sortis de la salle pour profiter de l'air frais. Je me débarrassai de ma veste et de ma cravate, les jetant négligemment dans mon pick-up.

D'ici quelques semaines, je quitterai cette forêt, mon lac fétiche et Margaux pour le Canada. Si notre relation semblait apaisée, Margaux ne m'avait pas laissé l'espoir de renouer durablement. Peut-être nous fallait-il une convalescence, un temps de séparation, loin de l'autre, pour mieux nous retrouver.

Si jamais on devait se retrouver.

Je passai une main sur mon visage, réfléchissant au moment précis où j'avais fait capoter notre histoire. Cela ne datait pas de cette fameuse nuit ensemble, ni même de ces dernières semaines. J'avais été un parfait idiot, doublé d'un lâche depuis au moins six ans, quand j'avais surpris Margaux, seule, sur le lac, en train de patiner.

Mon plan était d'aller la voir, de lui parler du Canada, de lui dire que je l'aimais et de lui proposer de me rejoindre plus tard. J'y croyais. Elle avait ses études, mais j'étais certain qu'on pouvait survivre à la distance. Je m'étais dégonflé et maintenant, je m'en voulais.

Cette nouvelle chance pour le Canada rouvrait des plaies anciennes. Mais je ne pouvais plus agir en trouillard.

— Ah, je t'ai trouvé !

La voix de Margaux chassa mes vieux souvenirs. Elle n'était plus la jeune fille naïve qui s'entraînait sur la glace. Elle était devenue une femme, sous mes yeux, belle et intelligente. Et, aussi facilement qu'elle tombait sur la glace, j'étais tombé amoureux d'elle.

— Je n'étais pas si loin, lui dis-je en souriant.

— J'ai cru que tu étais parti.

— Je ne serai pas parti sans te dire au revoir.

Elle se planta devant moi, frigorifiée. Je récupérai ma veste et l'aidai à l'enfiler. Puis, je retirai une des pinces qui maintenaient ses cheveux, retrouvant la Margaux que j'aimais. Elle posa ses mains sur mon torse, à l'endroit où mon cœur frappait à m'en faire mal, et s'approcha de moi.

— Je suis désolée, chuchota-t-elle.

— De quoi ?

— De t'avoir retenu ici. Je… Je n'agis pas comme une amie devrait le faire.

Amie. Cela me fit l'effet d'un uppercut dans l'estomac. Je frictionnai ses bras, tentant d'oublier ma déception.

— Pourquoi es-tu resté, il y a six ans ?

— Pour toi, Margaux. Tout ce que je fais depuis qu'on

se connaît, je le fais pour toi. Si j'étais parti, notre amitié n'aurait pas survécu.

— Bien sûr que si, objecta-t-elle.

— Non. Nous nous serions moins vus, moins parlé. Tu aurais rencontré quelqu'un, et…

Elle éclata de rire, brisant le silence de la nuit autour de nous. Puis, elle posa sa tête contre mon torse, et ses mains trouvèrent ma taille. Je la serrai contre moi, tant pour la réchauffer que pour ne pas la voir s'échapper. Elle m'avait tellement manqué.

— Comment veux-tu que je rencontre quelqu'un ? demanda-t-elle.

— Eh bien, c'est simple, tu vas dans un bar et tu laisses le premier venu t'offrir un verre…

Elle releva les yeux vers moi, amusée.

— Et ensuite, il t'aurait raccompagnée chez toi. Il t'aurait embrassée, bien sûr…

— Bien sûr ?

— Margaux, aucun mec ne peut résister à l'envie de t'embrasser. C'est… viscéral. Une espèce d'urgence absolue.

— Logan, je n'aurais jamais rencontré personne, dit-elle en se pinçant les lèvres. Parce que tu étais là. Depuis le début, depuis qu'on a passé cette nuit à regarder un match. J'ai essayé de te le faire comprendre, mais… bon, comme tu le sais, je suis nulle en drague !

— Tu as essayé de me le faire comprendre ? répétai-je, stupéfait.

— Apprendre à patiner ? Venir aux entraînements ? Faire des soirées avec tes coéquipiers ? J'essayais d'attirer ton attention.

Je braquai mes yeux sur ses lèvres. Embrasser Margaux était une évidence. Une évidence très agréable et pour laquelle j'aurais donné volontiers mon empire tout entier. Je caressai sa joue du bout des doigts, m'assurant qu'elle était réelle. Sa peau frémit à mon contact, et mon cœur explosa en tout petits morceaux.

— Tu es nulle en drague, approuvai-je. Et Adam ?

— Je me suis dit qu'être avec un autre m'aiderait à t'oublier. Comme pour faire passer une mauvaise habitude.

— Oh ! maintenant je suis une mauvaise habitude ?

— Très. Une très mauvaise habitude. De celle dont on a du mal à se détacher.

— Viens avec moi, Margaux, soufflai-je, le cœur battant.

— Tu veux qu'on rentre à la maison ?

— Ce n'est pas ce que je voulais dire.

— Moi non plus, répondit-elle.

Nous échangeâmes un sourire heureux et complice, me rappelant toutes les fois où nous regarder suffisait à nous comprendre. Je l'aimais, et, parce que j'avais une chance inouïe, elle m'aimait aussi. Margaux se hissa sur la pointe des pieds, et ses lèvres trouvèrent les miennes. Après des jours sans elle, je répondis instantanément et avec passion. Mes mains retrouvèrent les courbes de son corps, mon cœur retrouva un rythme normal, nos deux corps retrouvèrent leur harmonie habituelle.

Quand elle libéra ma bouche, nous étions tous les deux hors d'haleine, et le froid n'avait aucune prise sur nous. Malgré tout, la neige commença à tomber, tapissant le sol de flocons veloutés.

— Je crois que je vais avoir besoin de ton aide, chuchota Margaux contre ma bouche.

— Ah oui ? Danse ? Drague ? Dîner à la con ?

— Valises et cartons, grimaça-t-elle. Mon petit ami veut m'embarquer avec lui au Canada.

— Oh ! tu l'aimes à ce point ?

Elle hocha la tête avec une assurance qui me rendait fier et heureux. Je l'embrassai à nouveau, son visage entre mes mains, me promettant de tout faire pour la garder dans ma vie. Puis, sans la prévenir, je la soulevai et la basculai sur mon épaule pour rejoindre la salle de réception. Elle laissa échapper un cri, avant de glousser de joie. Du pied, je poussai la porte, trouvant Lison, Pierre, Adam et Gabriel, attablés autour de la table d'honneur, un seau à champagne devant eux. Les autres invités avaient déserté les lieux.

Lison me fit signe de les rejoindre, et je fis asseoir Margaux sur une chaise, ses cheveux éparpillés sur le visage. Je repoussai doucement les mèches une à une. Mon imagination reprit le pouvoir, et mon sourire s'élargit.

Ses yeux, ses lèvres, sa peau délicate, le Canada, un appartement dans le centre-ville, des balades main dans la main le long du lac, des soirées à la patinoire, des nuits à parler.

— Quoi ? fit-elle devant mon silence contemplatif.

Un dîner, des tas de tiramisu, une bague planquée dans le mascarpone, des larmes de joie, un budget décoration énorme, un sapin de Noël, un mariage idyllique.

Ma femme. Margaux.

— Je t'ai trouvée, murmurai-je.

— Je t'ai trouvé, répondit-elle.

Épilogue

— Tu as remarqué qu'il faisait nuit, n'est-ce pas ? m'interrogea Margaux.

— Ce n'est pas un problème, répondis-je.

Je donnai un coup de volant et bifurquai sur un chemin forestier caillouteux. Après deux cents mètres de heurts, je parvins enfin à destination et garai mon pick-up. Quand elle reconnut les lieux, Margaux me lança un regard alarmé.

— On ne peut pas partir sans une dernière séance, expliquai-je.

— Si, on peut ! s'écria Margaux.

Avant qu'elle se noie dans un océan de justifications farfelues, je descendis du pick-up et saisis les patins sur la plate-forme arrière. Contournant mon véhicule, j'ouvris la portière de Margaux, en train de bouder sur le siège passager et tendis la main pour l'encourager à me suivre.

— Nous sommes fin Mars, Logan. La glace doit faire deux millimètres d'épaisseur.

— Tu crois vraiment que je te ferai venir ici si c'était dangereux ?

— Je crois que tu es une véritable tête brûlée et que tu aimes vivre dangereusement.

— On vit ensemble Margaux. Je survis chaque jour à tes essais culinaires : je ne peux donc que confirmer.

Elle leva les yeux au ciel, avant de pousser un long soupir et de saisir ma main. Je lui adressai un sourire, avant de déposer un baiser sur son front. Après avoir allumé les phares du pick-up pour éclairer le lac, je nous dirigeai vers la rive.

— Prête ? demandai-je à Margaux.

— Jamais de la vie.

Je m'élançai sur la glace, savourant l'air frais sur mon visage. Venir ici, c'était replongé dans les vieux et bons souvenirs. Partir au Canada était mon rêve et, d'ici quelques jours, il serait réalité. Mais je ne pouvais pas imaginer quitter la France sans revenir ici, là où tout avait commencé. A ma grande surprise, j'entendis le bruit des lames approcher de moi. Margaux glissait, avec grâce et prudence, les yeux rivés sur la glace.

— Tu es sûr de toi ? m'interrogea-t-elle en glissant sa main dans la mienne.

— Certain. Je veux juste qu'on glisse un peu.

Dans le silence de la nuit, on percevait juste le son de nos patins. Les doigts de Margaux se resserrèrent autour des miens. Nous étions en train de faire nos adieux à ce lac. Je nous amenais jusqu'au milieu, contemplant les sapins qui nous entouraient.

— C'est grâce à ce lac que je t'ai rencontré, dis-je à Margaux, un peu nostalgique.

— C'est grâce à mon frère, rectifia-t-elle dans un rire.

— Ce lac et ton frère. C'était le début de l'hiver, il avait décidé de patiner. Tu vois cette zone là-bas ? C'est une des rares zones du lac qui gèle peu. Quand j'ai rencontré Gabriel, il était enfoncé dans l'eau jusqu'à la taille et cherchait un moyen de remonter sur la glace.

Margaux étouffa un rire, imaginant sûrement son frère en train de se débattre dans l'eau glacé. Ses mains glissaient et il ne parvenait pas à trouver de solution pour s'en sortir.

— Je l'ai aidé à s'en tirer et il m'a ramené chez vous, continuai-je.

— Et il t'a laissé dans le salon avec tes patins.

— Et tu es apparue. Je devrais remercier Gabriel pour avoir patiné là-bas.

J'embrassai Margaux délicatement, son visage entre mes mains. Elle se hissa sur la pointe de ses patins, puis glissa ses mains sous mon manteau et pressa son corps contre le mien. Sa langue se faufila dans ma bouche et notre étreinte devint aussi brûlante que notre équilibre était précaire. J'entourai sa taille de mes bras, puis, à bout de souffle, je m'écartai à regret de ses lèvres. Je posai mon front contre le sien et plongeai mon regard dans le sien. Depuis le début de notre « nouvelle » relation, Margaux et moi apprenions cette nouvelle intimité, celle où on pouvait s'embrasser à perdre haleine en plein dîner, celle où au bar, elle s'asseyait sur mes genoux en déposant un baiser dans mon cou, celle où je pouvais la rejoindre sous la douche et la mettre en retard au travail.

Celle où je pouvais lui dire que je l'aimais, même quand ses plats étaient cramoisis, même quand elle rechignait à défaire les décorations de Noël, même quand elle hurlait mon nom dans les tribunes et que l'ensemble de l'équipe me charriait.

Je l'aimais. Je l'aimais depuis qu'elle m'avait trouvé dans son salon.

— Je ne veux pas ruiner le moment, dit-elle à voix basse,

mais, après cette petite baignage impromptue, Gabriel a été cloué au lit et j'ai été en charge de lui apporter de quoi manger pendant dix jours.

— Je ne peux pas être désolé. Tu ne peux pas anéantir mon meilleur souvenir de cet endroit.

— Ton meilleur souvenir ? répéta-t-elle avec un large sourire.

— Imbattable, assurai-je.

En silence, elle prit ma main et en glissant avec aisance, elle m'entraîna vers le rivage. Elle retira ses patins à la va-vite et je l'imitai, sans comprendre l'urgence de son comportement. Elle fonça jusqu'au pick-up et après avoir ouvert le hayon, s'assis sur la plate-forme.

J'approchai d'elle, me glissant entre ses jambes.

— Mon frère manquant de se noyer ne peut pas être ton meilleur souvenir de ce lac, dit-elle avec détermination.

— Ce n'est pas ce que je voulais dire.

Dans un rire, elle recula sur la plate-forme et me fit signe de la rejoindre. Je secouai la tête, incrédule, avant de m'exécuter et de grimper à mon tour dans le pick-up.

— Tu as déjà fait l'amour là-dessus ? m'interrogea Margaux.

— Je ne veux pas que tu finisses clouer au lit. Ou peut-être que si, en fait, chuchotai-je contre sa bouche.

Je la serrai étroitement contre moi et l'embrassai avec tendresse. Margaux se cramponnai à mon pull, pendant qu'une de mes mains glissait sous son haut pour retrouver sa peau veloutée et chaude.

— Il te faut un meilleur souvenir, répéta-t-elle en retirant son manteau.

— Tu as raison. J'ai donc pris mes dispositions, expliquai-je.

Margaux haussa un sourcil, interloquée. Je crevais d'envie de lui faire l'amour ici. Mais en pleine nuit, en forêt, la fraîcheur de la fin de l'hiver risquait de se transformer en froid insupportable dès que nous serions à moitié nus.

Je me redressai et invitai Margaux à s'installer entre mes jambes, son dos collé à mon torse.

— Tu ne veux pas… commença Margaux.

— Oh si, j'en meurs d'envie, Mar'. Vraiment. Mais on risque de geler sur place. Et puis, j'ai déjà prévu mieux en souvenir.

— Mieux ?

— Mieux, répétai-je en sortant l'écrin planqué dans mon manteau depuis presque dix jours.

Je posai mon menton sur son épaule, l'observant ouvrir la petite boite avec fébrilité. Je devinais les battements frénétiques de son cœur et je sus que rien ne surpasserait cet instant dans la longue liste de nos souvenirs communs.

— Epouse-moi, Mar'. Je te laisserai collectionner autant de livres de cuisine que tu veux.

Elle étouffa un rire et tourna son visage radieux vers moi.

— Epouse-moi, Mar'. Je te laisserai décorer notre appartement pour Noël, dès le mois d'Août.

Un nouveau rire la secoua et elle se lova encore plus étroitement contre moi. Je retirai la bague de la boite et pris sa main pour la lui glisser au doigt.

— Epouse-moi, Mar', murmurai-je contre ses lèvres.

Elle hocha la tête et ses yeux pétillants suffirent à me réchauffer. Nous nous embrassâmes à nouveau, entre rires et larmes, émus et épatés. J'enlaçai la taille de Margaux et pendant quelques secondes, enveloppé dans le silence, nous contemplâmes la nuit d'encre, seule témoin de ma demande.

— Si j'avais su qu'on allait peut-être faire l'amour, je n'aurais pas dégainé ma bague tout de suite, plaisantai-je.

— Pervers, lâcha-t-elle dans un grand éclat de rire.

— Parce que ça aurait fait aussi un chouette souvenir.

— Je me suis laissée emporter, se justifia Margaux entre deux rires.

— Je te l'avais bien dit, chuchotai-je à son oreille.

— Quoi donc ?

— Sans moi, ça aurait été moins drôle.

Remerciements

Dix-huit.

Dix-huitième roman. Dix-huit, comme l'âge de la majorité. Dix-huitième roman et dix ans de carrière. Curieux comme parfois le temps nous paraît long. Alors que quand on regarde derrière nous, on se dit « zut, mais déjà ? ».

Déjà dix ans. Et donc pas mal de romans, de nouvelles, de projets. Mais ce que je retiens de ces dix dernières années, ce n'est pas tant les histoires que j'ai créées, mais toutes les personnes que j'ai rencontrées sur le chemin.

Vous, en premier lieu. En salon, en signature, au détour des réseaux sociaux. Cela m'éblouit toujours quand les gens arrivent en salon, à bout de souffle, les yeux brillants et l'air ravi et balancent « ah, je vous ai trouvé ». Et systématiquement, je réponds « j'ai tenté de me cacher, mais le libraire est fortiche en cache-cache ». C'est une joie à chaque fois de parler avec vous, de vous entendre parler de mes livres avec passion, de vous voir hésiter entre deux romans pour finalement en prendre cinq, de promettre à votre mère/sœur/meilleure amie que « mais oui, je te le prêterai ! ». J'ai de la chance : c'est un privilège d'assister à ces échanges, d'entrer dans vos vies régulièrement, de devenir une monnaie d'échange ou une recommandation.

Dix ans donc que cela dure, et non, je ne me lasse pas de vous. Parce que ces dix ans, c'est grâce à vous. Ce métier exigeant de l'écriture et cette solitude parfois pesante derrière l'écran seraient insupportables sans votre soutien et votre présence. Si je peux écrire aujourd'hui ce dix-huitième roman (spoiler : le dix-neuvième est déjà commencé), c'est parce que vous répondez présents à chaque fois. Cela m'épate. Je me moque parfois de votre impatience ou de votre gourmandise, mais sachez que cela me flatte et me rend fière.

Emouvoir, faire rire, faire rêver et offrir de la joie, c'est agréable. Mais le partager avec vous et vous entendre en parler, c'est indescriptible. Alors merci pour ça. Merci d'être vous, avec votre spontanéité légendaire. Merci.

Je vais tenter de m'améliorer en cache-cache.

Un grand merci à toutes les équipes d'HarperCollins qui me supportent (et me soutiennent aussi !) à chaque nouveau roman. Je suis toujours en retard, et ils se plient en quatre pour trouver des solutions improbables. Merci à eux de leur indulgence.

Un merci particulier à Sophie, mon éditrice légendaire. Celle qui m'accompagne depuis dix ans et qui m'a éduqué sur le chemin de l'édition, des textes et paillettes. Merci Sophie : sans toi, ça serait moins drôle.

Merci à mon mari pour son soutien (« mais, tu n'écris pas ce soir ? »), à mes enfants pour leurs perturbations involontaires. À eux quatre, je crois qu'ils m'ont rendu meilleure (et un peu folle aussi parfois !).

Merci. Merci.

On se voit au dix-neuvième ?

Chapitre 1

— C'est vrai, Evan ?

Je fixai celui qui faisait partie de mes meilleurs amis avant de lever un sourcil d'incrédulité. Puis je croisai les bras sur mon torse, soucieux de sa réponse. Il m'avait appelé ce matin, me demandant de le rejoindre chez lui pour travailler sur la tournée à venir… et nous nous retrouvions dans une des chambres de son appartement, à des années-lumière de la soirée que j'avais imaginée. Posté près d'une commode, Evan l'agrippa, attendant que je l'imite pour l'aider à la déplacer.

— Je n'ai pas besoin de tes commentaires, dit-il finalement, une lueur d'agacement dans le regard.

— De toute évidence. Mais tu aurais pu me prévenir !

— Si je l'avais fait, tu ne serais pas venu.

— Oh ! donc, tu préfères me mentir ?

— Max, quand on te dit rendez-vous à 18 heures, tu arrives à 20 heures.

— Oui, et à 20 heures, généralement, je réalise que j'aurais pu arriver à 21 heures.

— On te ment pour ton bien et pour le nôtre : sinon, on passerait notre vie à t'attendre. Donc, oui, j'ai un peu arrangé la vérité pour que tu viennes ici !

Je posai brutalement au sol la commode que je peinais à déplacer, vaguement contrarié par les révélations d'Evan. Je pouvais admettre mes difficultés à être à l'heure – voire parfois à être juste présent –, mais le voir échafauder tout un stratagème pour pallier ce minuscule défaut était vexant. À la réflexion, il n'était d'ailleurs peut-être pas le seul. Curieux, je demandai :

— Comment ça « on » te ment ?

Il soupira puis lâcha à son tour le meuble avant de répondre :

— « On », c'est-à-dire tous les gens qui doivent d'une manière ou d'une autre composer avec le fait que tu vives dans ton propre fuseau horaire. Sans oublier ton humeur charmante de ces derniers mois.

— Maintenant, je suis vraiment vexé.

— Est-ce que cette vexation t'empêche de m'aider à bouger ce meuble ?

— Tu m'as fait venir ici, dans un froid polaire et sous la neige, sous un prétexte fallacieux !

— Est-ce ma faute si l'hiver débarque en avance ?

— Ça sera ta faute si j'attrape une pneumonie !

— Parfois j'oublie ton côté *drama queen* ! Achète-toi un pull épais et mets un bonnet. Je te promets qu'on va aussi préparer la *setlist* pour la tournée qui arrive, mais là, tout de suite, j'ai besoin de toi pour ce meuble !

— Mec, on est dans les tops des ventes, la tournée affiche complet et tu ne peux pas payer des gens pour faire ça à ta place ?

— Soulève cette commode, Max ! m'ordonna Evan.

Pour la forme, je ronchonnai avant de m'exécuter. Nous transportâmes la lourde commode de la chambre d'Evan jusqu'au salon, la poussant contre un des murs. Une montagne de cartons s'élevait dans la pièce, signe visible du déménagement en cours de mon ami. Avec Juliette et leur joyeuse marmaille – Gloria, sa nièce, et Thomas, son fils –, ils avaient finalement décidé d'abandonner Paris pour la banlieue verdoyante.

— Il faut aussi rapporter les deux fauteuils et la lampe, m'indiqua Evan.

— Pitié, dis-moi qu'ensuite on pourra boire une bière et manger une pizza.

— J'avais promis quelque chose ? s'amusa Evan.

— Non. Mais j'ai faim. Et si on doit s'amuser à vider les pièces et à parler de mon aimable personne j'aime autant le faire le ventre plein et à tes frais !

— Nic doit apporter à manger. Viens m'aider !

Sans attendre ma réponse, il remonta le couloir et s'engouffra dans l'une des chambres. Je le suivis sans comprendre la raison de ce trafic de mobilier. Normalement, son déménagement devait se terminer dans le courant de la semaine suivante, ces meubles n'avaient pas à être bougés. Alors que nous déplacions les fameux fauteuils dans le salon, la sonnerie de la porte retentit. Evan alla ouvrir, laissant apparaître Nic avec quatre cartons de pizza.

— Je suis en retard ? s'alarma-t-il, ses yeux passant d'Evan à moi.

— Non, c'est Max qui est un peu en avance, ricana Evan.

— Et on s'étonne qu'il neige en novembre…

— Hé, je suis là ! protestai-je, en agitant les mains.

— Oui, d'où notre étonnement ! s'esclaffa Nic.

— Il m'a menti, expliquai-je. Je pensais venir pour travailler la *setlist* et je me retrouve dans un déménagement clandestin, grommelai-je.

— Tous ces muscles vont enfin servir à quelque chose ! s'exclama Nic, hilare.

Je râlai dans ma barbe, avant de lui arracher les pizzas des mains. Depuis que Nic et Evan étaient chacun en couple, ils avaient une fâcheuse tendance à agir en pères de famille responsables et à me traiter comme si j'étais un adolescent attardé. Je les adorais, mais la situation commençait à me peser.

— Oh ! et merci ! Ces meubles sont pour Louise, pour sa nouvelle boutique, expliqua finalement Nic, avec une fierté non dissimulée.

— Pitié, non ! râlai-je.

— Quoi « non » ? demanda Evan.

— On a des pizzas, des bières et on est tous les trois ensemble : je refuse qu'on passe la soirée à s'extasier sur vos copines respecti…

— Fiancée, corrigea Nic.

Il était tellement fier et débordant de bonheur que ça me donnait presque la nausée. Pendant des années, Nic avait été mon plus fidèle partenaire de soirée pour écumer les bars et draguer les filles, affirmant haut et fort que nous étions des rock stars et que notre liberté comptait plus que tout.

Et maintenant Nic était fiancé à Louise, chocolatière fan de Noël, et Evan roucoulait avec Juliette en plein bonheur familial. Tout ce bonheur étalé aux yeux du monde était un peu écœurant.

— Peu importe, soufflai-je. Est-ce qu'on peut se faire une soirée… sans parler d'elles ? J'avais compris qu'on devait bosser !

— C'est vrai, c'est vrai, admit Evan. Promis, on va faire un effort. Merci pour les meubles.

— Oui, merci, renchérit Nic. Louise ouvre officiellement

dans quelques jours et il lui manquait quelques éléments pour parfaire sa décoration.

À nouveau, l'ombre d'un sourire heureux flotta sur ses lèvres. Je poussai un soupir, un peu dépité. Je devais admettre que Louise se débrouillait très bien depuis son arrivée dans la capitale. Je l'appréciais d'autant plus qu'elle n'avait pas utilisé la notoriété de Nic pour réussir. Leur couple était resté longtemps dans l'ombre et je savais que Nic prisait cette discrétion : il détestait voir des photos de sa fiancée et de lui dans la presse à scandale.

— Juliette travaille sur la soirée d'ouverture, reprit Evan. Enfin, c'est ce qu'elle me dit pour justifier les boîtes de chocolats qu'elle achète chaque semaine !

— Tu réalises que la dernière fois toutes ses fringales avaient une explication ? lui rappelai-je, dans un sourire.

— Je m'en souviens très bien. Et je me souviens aussi très bien de ton cadeau de naissance et, au risque de me répéter, Thomas ne sera pas batteur.

— Thomas serait la cerise sur le gâteau. À vrai dire, je mise plutôt sur Gloria. Elle a un excellent sens du rythme et du contre-rythme. Gros potentiel, assurai-je pour faire enrager Evan.

Je ne mentais pas : Gloria avait une véritable prédisposition pour la musique. Michael, son père, était un guitariste hors pair. Après l'accident qui avait coûté la vie à celui-ci ainsi qu'à sa femme, Evan avait recueilli sa nièce âgée de quelques mois seulement et il avait aussitôt tenté de l'initier à la guitare. En vain. Malgré tous les efforts et les dénégations d'Evan, Gloria préférait les percussions. J'avais eu l'occasion de l'asseoir – clandestinement – derrière une batterie et elle parvenait déjà à reproduire un rythme complexe.

— Gloria a un père guitariste et un père adoptif bassiste.

C'est déjà un compromis que j'aie autorisé Nic à l'initier au piano.

— Elle veut frapper sur une batterie, Evan.

— Plus tu l'en empêcheras, plus elle voudra en faire, ajouta Nic.

Evan lâcha une grimace, à court d'arguments. Il savait que Nic avait raison. Pour avoir régulièrement discuté avec Lydie, leur mère, je connaissais l'histoire d'Evan et de son frère Michael. Ce dernier avait entraîné son frère dans la musique, et très vite Lydie avait abandonné l'idée de les faire renoncer à leur passion.

— Au moins, je sais où ils sont et je m'évite une crise d'angoisse, m'avait-elle confié tout en regardant avec bienveillance ses deux fils gratter leurs guitares dans leur minuscule salon.

— Je ne peux jouer qu'au lycée, avais-je marmonné, jaloux de ce qui était pour moi la liberté ultime.

Elle avait posé une main sur mon épaule, en signe de soutien, avant de proposer de m'aider à répéter ma leçon d'histoire. Lydie était ce qui se rapprochait le plus d'une figure maternelle dans mon univers. Présente, aimante, prête à me soutenir et à m'accueillir chez eux chaque fois que je le souhaitais. Leur foyer avait été un véritable refuge pendant mes années d'adolescence.

— Concentre-toi sur ton contrôle d'histoire. Un jour ou l'autre, mes fils finiront par comprendre que les études étaient la bonne voie à suivre et ils viendront vivre chez toi pour manger à leur faim, avait-elle lâché en riant et en s'emparant de mon cahier.

— On va monter un groupe, avais-je assuré.

Je me souvenais encore du sourire empreint de douceur qu'elle m'avait adressé. Elle n'y avait certainement pas cru.

Pour être honnête, à l'époque, je n'y avais pas vraiment cru non plus, mais cette idée farfelue m'avait aidé à garder la tête hors de l'eau tandis que mon monde éclatait de toutes parts : mon père quittait la maison et ma mère, malheureuse comme les pierres, cherchait son bonheur dans les paradis artificiels. Je m'y étais accroché coûte que coûte.

— Alors, dis-moi ce que tu sais de l'insurrection de Budapest ? avait-elle demandé.

Entre deux riffs de guitare de Michael et les accords plus approximatifs d'Evan, j'étais parvenu à débiter ma leçon. Je ne l'avais pas fait pour moi, mais uniquement pour Lydie. Parce qu'elle croyait en moi et que c'était agréable d'avoir quelqu'un qui vous écoutait quand vous parliez.

— Bon, on les mange ces pizzas ? proposai-je.

Evan et Nic me suivirent jusqu'au salon d'Evan. Comme nous l'avions fait des centaines de fois, nous nous installâmes sur son canapé, les cartons de pizza ouverts devant nous et avec pour fond sonore un vieux vinyle sélectionné par Evan. Cela me rendait un peu nostalgique. Cela faisait plus de douze ans que nous avions formé le groupe et ce rituel de soirées pizza n'avait pas évolué. À chaque signature de contrat, lors de la préparation de notre première tournée et à chaque nouvelle conception d'album nous nous réunissions ainsi.

En fait, si, notre rituel avait évolué malgré lui, forcé par le destin et ses tours tragiques. Depuis plus de trois années, nous n'étions plus que trois : Michael, son rire tonitruant et son sens de la dérision avaient disparu. J'aurais aimé dire que j'avais repris le flambeau, mais sa personnalité était inimitable et son absence laissait un vide impossible à combler. Aujourd'hui encore, mon ami me manquait douloureusement.

Extrait

Evan s'arma d'un feutre et d'une feuille de papier et, après une courte discussion, lista cinq premiers morceaux choisis parmi notre discographie. Je fronçai des sourcils, gêné par son choix, puis déclarai avant d'engloutir un morceau de pizza :

— Ça fait… tournée d'adieux.

— Ce sont les morceaux qu'on nous réclame le plus régulièrement, répondit Nic.

— Probablement, mais on pourrait peut-être proposer des titres plus récents. Voire des inédits.

Evan arqua un sourcil, pas vraiment convaincu. Il échangea un regard avec Nic, qui haussa les épaules, perdu lui aussi.

— Ce que je veux dire, repris-je, c'est qu'on tourne en rond. Les mêmes morceaux, les mêmes transitions… C'est la routine et on finira par lasser si on ne change rien. Ça fait deux ans que nous n'avons fait aucun concert. Les fans méritent qu'on leur prépare un spectacle mémorable, pas un truc réchauffé…

— Max…

— Les critiques doivent nous attendre au tournant. Techniquement, on a eu deux ans pour préparer ces concerts. Ça ne peut pas être… minable. Et ce n'est pas ce que Michael aurait voulu, terminai-je.

Un silence pesant s'installa dans le salon. Nous n'en parlions jamais. Ce n'était ni tabou ni secret. Mais, tacitement, nous avions choisi de nous protéger. Et nous protéger consistait à éviter d'évoquer Michael, son souvenir ou ce qu'il aurait fait dans telle ou telle situation. Malgré le temps qui s'était écoulé depuis sa mort brutale, chaque évocation du frère d'Evan nous replongeait dans nos douleurs respectives.

Evan reposa sa feuille et son feutre, pendant que je me levais puis me dirigeais vers la baie vitrée. Il neigeait toujours sur la capitale et je regrettais désormais de ne pas avoir pris de bonnet. J'habitais à trois rues d'ici, mais j'avais une affection toute mesurée pour le climat hivernal.

— Pourquoi fait-on cette tournée déjà ? demandai-je, restant dos à eux.

— Pour rencontrer les fans, se faire plaisir, jouer en…

— Comme d'habitude, coupai-je Nic. La tournée est courte : on a moins d'une dizaine de dates. On pourrait se permettre de changer un peu notre routine. J'ai l'impression que… je ne sais pas, qu'on a peur de changer quoi que ce soit depuis la mort de Michael.

— Ce n'est pas vrai, intervint Evan.

Je pivotai vers mes amis. Nous nous connaissions depuis suffisamment longtemps pour être francs et directs. L'équilibre du groupe en dépendait : j'avais l'énergie et l'envie, mais faire et refaire inlassablement la même chose était en train de ronger ma motivation et mon inspiration.

— Si, c'est vrai, objectai-je avec conviction. Je ne blâme personne. J'ai accepté tout ça, mais là… j'ai besoin que ça change. On a une semaine de répétitions devant nous avant la première date, on peut encore proposer quelque chose de différent.

À nouveau, Evan et Nic échangèrent un regard. Nous avions toujours été honnêtes les uns envers les autres, mais que je partage mes états d'âme était assez inédit. Généralement, j'expulsais mes sentiments à travers la batterie. C'était assez bruyant et fatigant pour m'apaiser. Cette fois, il ne s'agissait pas que de moi, mais aussi et surtout du groupe. Nous tournions en rond, nous répétions les mêmes chansons, nous écoutions les mêmes artistes et ce sur-place était inquiétant. Le groupe était toute ma vie, si je perdais ça, je perdais tout. Ce vase clos sinistre était étouffant et risquait de ruiner nos dernières bribes de créativité.

Devant leur silence, je continuai :

— Michael nous aurait poussés à être plus créatifs, à produire de l'inattendu ou à générer de la curiosité. Evan, tu as écrit ce début de liste si vite que je suis persuadé que tu n'y as même pas réfléchi. C'était automatique.

Il jeta un œil à sa feuille et poussa un soupir qui avait valeur d'aveu. Je ne voulais pas lui faire de la peine – même si évoquer son frère lui en faisait certainement –, mais nous devions avancer maintenant.

— Qu'est-ce que tu proposes ? demanda Nic avec prudence.

— Il faut… tester. On pourrait prendre la journée de demain pour construire une nouvelle *setlist*. On joue, on tente des trucs et on garde ce qui fonctionne. Et on essaye de s'amuser, conclus-je.

Evan resta muet, les yeux toujours rivés sur sa liste. Je passai une main sur mon visage fatigué, me demandant si je n'avais pas fait trop de dégâts. J'avais l'habitude qu'on me juge sur mes humeurs changeantes et mes colères – c'était même un sujet de plaisanterie.

J'approchai d'Evan et de Nic et je m'emparai d'une nouvelle part de pizza. Nic m'adressa un sourire compréhensif, avant de scruter Evan. L'équilibre du groupe avait toujours tenu sur notre capacité à parler de tout, sans craindre que cela ne provoque colère ou incompréhension. Mon regard passa alternativement de Nic à Evan, cherchant, sur leurs visages, un indice de leur état d'esprit.

— Il a raison, souffla finalement Nic. Ce ne sont que quelques dates, on peut se permettre de déroger à la mécanique habituelle.

— On peut et on doit, renchéris-je en mordant dans ma pizza. Les mecs, c'est bientôt Noël, même le public sera en mode festif.

Evan poussa un soupir, avant de braquer les yeux sur les photos accrochées au mur de son salon. Il y en avait des dizaines : du groupe, de son frère, de Juliette, de nos concerts. Toutes nos vies étaient étalées dans ce salon. Je me demandais s'il réfléchissait à ma proposition ou s'il s'inquiétait de ce qu'aurait pu en penser Michael. Soudain, il marmonna :

— Je ne sais pas ce qui m'agace le plus : le fait que tu aies raison ou t'entendre parler la bouche pleine !

— Sûrement les deux : je suis un homme aux multiples talents, dis-je dans un sourire.

— Comme si je ne le savais pas.

— Evan, je t'assure que…

— Je suis d'accord, me coupa-t-il, d'une voix assurée. Michael passait son temps à nous secouer et nous pousser à innover.

Il darda son regard sombre dans le mien et, en une seconde, l'ambiance s'allégea. Je terminai ma part de pizza, soulagé. Je n'avais pas pris conscience d'à quel point cette routine pourtant si rassurante me pesait.

— Il va falloir retravailler la scénographie et l'éclairage, fit remarquer Nic. Si on veut aller au bout de l'idée de Maxime et modifier drastiquement le contenu, il faut que la forme évolue aussi.

— Mais on ne change pas le fait que le dernier concert est la soirée de charité à Paris, objecta Evan. Juliette a déjà tout planifié et…

— Sans problème, dis-je. Je m'en voudrais de ruiner le

travail de Juliette. Et puis, mon domaine, c'est la musique, pas vraiment la philanthropie.

— Pour ça, il faut aimer les gens, ricana Nic.

— Tu as prévu quelque chose à mettre aux enchères ? Une montre peut-être ? plaisanta Evan.

En guise de réponse, je levai mon majeur, balayant ainsi les dernières bribes de gravité de notre conversation. Je préférais me concentrer sur la musique : au moins, elle ne me demandait pas de comptes ni d'explications. Ma liberté n'avait aucun prix.

— Avant d'attaquer la quatre fromages, il y a encore un point à aborder, annonça Evan.

Je hochai la tête, l'écoutant d'une oreille distraite. J'avais parlé musique, le reste m'importait peu. Evan et Nic avaient l'habitude de gérer nos tournées, je me contentais de me pointer, de m'installer derrière la batterie et d'assurer le spectacle.

— Pour la tournée ? demanda Nic.

Evan se contenta d'opiner, pendant que j'ouvrais le carton de la fameuse quatre fromages. Il y eut un silence, qui suffit à me faire relever les yeux vers mes deux meilleurs amis et demander :

— Quoi ? C'est quoi le problème ?

Tandis que le silence s'étirait de façon suspecte, je listai les sujets principaux de la tournée. Nous avions évoqué la musique, les visuels, les dates, les salles, la soirée de charité. Nous tournions avec nos équipes techniques habituelles, le régisseur était même devenu un ami… Pour moi, tout était prêt.

Soudain, je compris. Evan et Nic n'auraient pas pris autant de précautions à propos d'une simple question technique. Non, il s'agissait d'*elle*. *Elle* dont nous évitions soigneusement de parler ; du moins, depuis son départ avec un autre groupe, presque deux ans auparavant. Sous leurs regards insistants, je ravalai ma colère froide et choisis de les ignorer en me concentrant sur la pizza.

— Il faut que tu l'appelles, m'indiqua Evan.

Devant mon absence de réaction, il abattit le seul argument capable de me faire flancher :

— C'est ce que Michael aurait voulu.

Composé et édité par HarperCollins France.

Achevé d'imprimer en septembre 2023.

CPI

FIRMIN-DIDOT

à Mesnil-sur-l'Estrée (Eure)

Dépôt légal : octobre 2023.

Pour limiter l'empreinte environnementale de ses livres, HarperCollins France s'engage à n'utiliser que du papier fabriqué à partir de bois provenant de forêts gérées durablement et de manière responsable.

Imprimé en France